蜜糖藍調

슈가 블루스

Sugar Blues

2

Author
少年季節

Illus indo

Translator 鮭魚粉

Presented by Boyseason and Bindo

Sugar Blues
Contents

04 *Sugar Bunny* 005

05 *Sugar-coat* 091

06 *Sugar Taste* 163

07 *Sugar In The Water* (1) 245

04

Sugar Bunny

SUGAR
BLUES

申宇才導演的外表給人一種固執的印象。他未染色的頭髮花白，眉間佈著深深的皺紋，始終緊閉的嘴唇角下垂，乍看之下就像是在生氣。徐翰烈似乎明白了為何新人在他面前總是低聲下氣的。在徐翰烈提議會面之後，僅過了三天，他便與導演見到了面。他率先抵達此處等待著對方的到來，並親自出面迎接申宇才導演入內。

這幢建築外觀連塊招牌都沒有，內部卻是一整棟的高級餐廳。從韓式、日式，到中式、法式料理，一應俱全，由專業頂尖的大廚為極少數的客人提供服務。這裡的食物或是氣氛都是一絕，卻沒有任何美食專欄介紹過這間餐廳。菜單從未對外公開，亦無任何的訪客評論，就連附近居民或是經常行經此處的路人都不曉得這幢建築物的用途。因為這裡是由日迅集團的業主兼經營者所單獨設立營運的專屬空間，偶爾也會安排與政界官界人物在此進行長時間的會晤。

二樓的日式餐廳分為懷石料理和壽司吧，徐翰烈選擇的是後者。昏暗的空間裡擺設著一張長型吧台。雖然差不多有八張小凳子，唯有中央兩個座位擺設了餐具。徐翰烈請對方入座，隨後脫下外套掛在右邊的椅背上。申導演也脫了外套就座。不久，一位上了年紀的主廚走了出來，態度恭敬地行禮。徐翰烈用桌上的消毒搓手液和毛巾仔細地擦著手，開口事先說明：

「主廚是日本人，幾乎聽不懂韓文對話，所以您不用感到顧慮。況且我們談的只是演藝圈的話題，他大概也不會感興趣。」

主廚湊巧在這時端上清酒，徐翰烈動作不大地舉起了酒瓶。

「您尚未開拍就已經很忙碌的樣子，要見上一面還真是不容易。」

申導演欣然地接受了徐翰烈為他斟的酒，隨即也想要替他倒上一杯。徐翰烈立刻婉拒：

「可惜我現在正在禁酒。」

雖然有很大的成分是商業上的虛情假意，但他此時的笑容神奇地抹去了原先高冷的形象。申導演對於徐翰烈的性格和外表同樣時有所聞，這次是他初次與對方直接會面，若非事先知情，差點要誤以為徐翰烈是SSIN娛樂派來招待自己的人了。如此華麗又乾淨的外貌，就算在演員當中亦是罕見。申導演斜著眼瞅了徐翰烈好一會，才拿起酒杯飲下。徐翰烈再次斟滿酒杯，開始引導著話題。

「我看了您傳來的劇本，是個很不錯的作品。」

「作品好不好，要拍完才會知道。演員、導演、影像、配樂、服裝、背景、剪輯、特效，只要疏忽掉任何一個環節，就會淪為拙劣之作。」

「聽說您在工作方面是個完美主義者，有您特別的一番堅持，在片場就像個暴君一樣地發號施令，不管是演員或工作人員您都會電到滿意為止。據說只要有一點不合您心意的，就算是到了後製的階段也會重新拍攝。像您這種人，拿掉自尊心之後就只剩下一具空殼，想必是抱持著與其掛了自己名字留下拙作，不如毀掉它算了的想法。」

面對如此大膽的言辭，申導演的眼中流露訝異之色。徐翰烈一臉的不以為意，解釋說自己身邊也存在著這種類型的人。主廚在此時將捏好的壽司——放在兩人面前。成團的米粒和食材彷彿抹了一層油般，看起來油光閃亮。

「您應該餓了，還是先請享用吧。」

徐翰烈毫不拘束地用手拿取壽司。無論是輕壓襯衫袖口以防沾到醬油的手勢，或是注意不讓過長的食材垂落、將壽司放進嘴裡無聲咀嚼的一連串動作，都相當地優雅俐落。畢竟他的公眾形象是個問題人物，申導演以為對方會像個幼稚不懂事的孩子，然而不管是那融入骨子裡的用餐禮儀，或僅存於表面上的恭順態度，都意外地讓人挑不出什麼毛病。申導演的視線不自覺地跟隨著面前拿起長筷挾取薑片的那隻白皙手掌移動著。

「我能明白您為何會希望由印雅羅小姐來飾演這個角色，無關乎是不是我們公司的演員，《引力》的劇本越看便越是覺得，印雅羅真的是飾演『延秀』的不二人選。」

直到徐翰烈的聲音再度響起，申導演才猛然回過神。他默默地收回視線，聽著徐翰烈繼續開口。

「如果是印雅羅，肯定能好好地揣摩出『延秀』那種微妙複雜的心境，這一點導演想必是更加清楚的。劇本本身的魅力，或是作為印雅羅千挑萬選的下一個作品，光是加上由申宇才導演所執導的這一點，肯定會成為眾所矚目的焦點，說不定都不用特地宣傳了。」

「別再吹捧了，我不習慣別人給我灌迷湯。」

「我只是在陳述事實而已。按我這個人的脾氣，是說不出什麼違心之論的。」

「這樣是代表我可以和印雅羅小姐一起合作的意思？」

申導演帶著隱約的期盼看著徐翰烈，徐翰烈曖昧模糊地笑了笑，喝了口綠茶。

「您和趙宇鎮先生都談妥了嗎？」

「你怎麼知道……」

「要先知道演對手戲的是誰才能做決定吧？而且，這難道不是個公開的祕密？」

申導演默不作聲地沉下了臉，對於尚未定案的消息走漏一事明顯地露出不滿的神色。然而，保密做得再周延，哪個演員謝絕出演啦、哪個演員呼聲較高這些選角的幕後消息都經常遭到外洩。

「我們正在和他協調行程，沒有太大意外的話，將會由他來飾演『俊英』一角。」

「也就是說，尚未確定下來的意思囉？」

獨飲著清酒的申導演抬起了眉毛。他凝視著徐翰烈，試圖看穿對方的心思。徐翰烈露出一個意味深長的笑容來。

「導演您對於趙宇鎮先生感到滿意嗎？」

申導演沒有回答。徐翰烈用毛巾反覆擦拭著自己的手指，一副滿不在乎的模樣。

「他是個稀有的零負評藝人呢。啊，怕您不高興，先說一聲，我沒有特別調查過他，這算是原本就握有的情報。企業公司對於娛樂圈很感興趣的事，您也是知道的吧？更何況是嶄露頭角的新銳演員，肯定是相當關注的。趙宇鎮相當適合作為企業組織形象的代言人，對吧？為人誠懇，善良有禮，怎樣挖都挖不出半點黑料。要臉蛋有臉蛋、要身材有身材，完美無缺的。據說他的演技雖然不是特別出眾，但也不至於差到會影響作品的地步是吧？」

「他只是沒有足夠的時間來展現他的本領，一直待在電視劇領域，總是在飾演類似的角色。我相信，這部電影會成為趙宇鎮演員拓展戲路的一個契機。況且，最近偶像利用知名度涉足演員的情況比比皆是，很難找到合適的演員人選。和他差不多年紀的人，找不到幾個像他一樣會演戲的。」

「或許只是導演您還沒找到而已，大可不必如此斷言。而且，現在的偶像不同以往，您這樣一竿子打翻一船的偶像，顯然是種偏見。據我所知，導演的作品當中，從來沒有出現過偶像出身的演員是嗎？」

被徐翰烈開玩笑似地抓住了話柄攻擊，申導演直接表示出他的為難之意。

「徐代表，我不懂您想說的話是什麼。」

「我要說的是，我們公司剛好也有一位可以飾演『俊英』的演員。」

申導演歪著脖子。該不會是……他臉色驟變地愣在那裡。

「您是說池建梧先生？」

「原來您知道啊。」

申導演擺了擺手，一副沒什麼好再說的態度。

「很抱歉，但我不認識池建梧演員，我不可能盲目地錄用一個根本不清楚來頭的人。這是我的核心原則。」

「那麼趁著這次機會去認識瞭解他怎麼樣？就像導演說的，您根本不認識池建梧演員，不曉得他的演技如何不是嗎？」

「不用看也知道，不是，就算他再有天賦好了，我也用不了他啊。他既沒有參加正式的試鏡，也沒有什麼值得信賴的依據，這樣草草率率地……」

「您說的那個信賴依據，趙宇鎮有嗎？」

「趙宇鎮至少有來參加過試鏡，展現了他的誠意。」

「啊哈，那麼趙宇鎮先生在那次試鏡表現了怎樣的演技呢？」

面對如流水般接連不斷的提問，申導演像是突然被說到了痛處，噤聲不語。趙宇鎮根本不可能來參加正規的試鏡，他沒有空閒到那種地步。如果女主角確定是印雅羅的話，或許情況會有所不同，但是在未定的狀態之下，這個角色對他來說是可有可無。申導演回想起最近因為日程安排問題，對於他的角色遲遲無法定案，而所謂的參加過試鏡，其實也不過是趙宇鎮和製作人員曾經見過一面而已。

「趙宇鎮那邊有明確答應會推遲所有行程，專注於電影拍攝直到結束嗎？還是他開出的先決條件是要確認會由印雅羅小姐來飾演『延秀』，他才會答應？」

「我為什麼要告訴徐代表這些事？用這種方式施加外部壓力，老實說令人非常不快。」

徐翰烈喃喃地複誦了一遍「外部壓力」，隨後嗤地笑了起來。

「我又沒說什麼，您何必如此反彈呢？我什麼都還沒做呢。」

「您用印雅羅小姐作為交換條件來干涉我的選角，這不是外部壓力是什麼？」

「我不是在干涉，只是提議而已。其實在接觸導演的作品之前，我對那個角色也沒有什麼想法，不，是根本沒有興趣。讀完劇本之後，我才覺得如果由池建梧先生來飾演那個角色應該會很不錯。尤其是那個單純執著於目標的第一起謀殺，我保證這個部分他的表現肯定能讓導演十分滿意。至於有其他不足之處，再請導演指導一下就可以了。唯一的問題，應該是他私生活的部分。」

徐翰烈停頓了一會，才接著說道。

「但是演員的私生活真有那麼重要？電影裡的傢伙們不是動不動就吸毒、搞外遇，不然就是打老婆出氣，難道那些電影都很失敗嗎？」

「我說啊，徐代表，我現在不是那個意思嘛。池建梧先生目前的表現不足以讓我硬是更換已經試鏡好的人選。站在一個導演的立場，既沒有十足的把握，又要背負著許多的壓力，我是因為這樣才沒辦法答應的，難道您真的不瞭解我的難處嗎？」

徐翰烈再次笑出聲。他的笑容依舊，此刻卻冒出一種極度的不協調感。

「如果是一部好作品，人們即使再不喜歡，也是會邊罵邊看的。導演您對於自己的作品這麼沒有信心嗎？那就不該抱有公諸於世的想法啊？怎麼會如此前後矛盾？」

極度貶抑的口吻讓申導演頓時張口結舌。他震驚得無言以對，只能發出感到不可置信的語助詞，連連咂舌。徐翰烈則是悠然自若地向後靠在椅背上。

「印雅羅小姐就算不拍這部電影，對她也不會造成任何影響，就公司層面來說也完全沒有損失。」

申導演板著一張臉，完全無法反駁地捏緊了拳頭。會感到遺憾的並非印雅羅，而是申導演自己。要是真有其他替代人選，他也用不著一直拉下自尊來向對方提出邀約。

徐翰烈悠哉地搖晃著杯裡剩餘的茶水。

「告訴您一個不能對外公開的祕密，我們公司跟印雅羅小姐簽訂專屬合約的唯一條件，就是甲方將保有挑選作品的權利，候選的作品名單須交由公司來決定。所以……」

徐翰烈看向了申導演。

「請做出抉擇吧，您是要選印雅羅呢？還是趙宇鎮？」

「……什麼？喂！你這傢伙！會的淨是些商業手段，你以為電影業界是讓你玩什麼捆綁銷售的地方嗎？」

申導演終於爆發，大力拍桌，平穩放置的筷子哐啷一聲地震落。然而，徐翰烈並不在意。

「我不管電影業界到底是個怎樣的地方，也不在乎您是想做出多偉大的藝術作品，您只要明白地告訴我究竟要不要錄用我們家的演員就可以了。」

「去你媽的，我活到這把年紀，還真是什麼狗屁倒灶的事都給遇上了……你這小子這麼狂妄囂張，有辦法經營得好一家公司嗎？」

「您現在是在擔心我嗎？難道我會連經營這一家小公司的本事都沒有，就跳進圈子裡湊熱鬧？」

申導演怒沖沖地喘氣，咬住了下唇。最終，他還是憤而起身準備離席。徐翰烈毫不避諱地迎上了那道射向他側顏的銳利視線。

「別只顧著發脾氣，想想哪一邊才是真正對電影有利。先瞭解一下池建梧先生的演技，也稍微敲一敲計算機，等您做出決定時再跟我聯繫吧。」

他話都還沒說完，氣急敗壞的申導演便已轉身離去。導演一離開，在外等候的楊秘書急忙走了進來。徐翰烈穿上了外套，一副無關緊要的模樣。

「代表，您沒事吧？」

「怎麼？看起來像有事的樣子嗎？」

楊秘書有種平白無故被牽連的感覺，默默地閉上了嘴巴。「果然」徐翰烈嘴裡咕噥著對方聽不懂的話語。

「……被人當面指著鼻子罵你媽他媽怎樣的，心情還真是不爽呢。」

楊秘書也沒什麼話好安撫。徐翰烈大步地越過了他的身側，他連忙跟了上去。

「您要回家了嗎？」

「沒有，我要順道去個地方。」

「快來吧。」

安多妍露出欣喜的表情迎接白尚熙的到來。她動作自然地勾住白尚熙的手臂，拉著他進到夜店裡。驟然拉近的距離之下，一股濃烈的酒精味從她的呼吸裡散發而出。

女演員安多妍是白尚熙的前輩，同時也是白尚熙退伍後工作了三個月的咖啡廳兼餐廳的老闆。兩人是在多年前電視劇的拍攝中認識的，一起喝過幾次酒後，關係也變得較為親近。白尚熙在安多妍店裡工作的期間，他的一些個人行李暫時寄放在店內的倉庫裡，今天會和對方相約，就是打算要來取走他的行李。為了避免引起不必要的注意，白尚熙等到時間較晚才打電話和她聯絡，結果對方選在了這家夜店和他面交鑰匙。

安多妍告訴白尚熙「大家都在等著你呢」，隱約透露著期待他一同加入之意。白尚熙卻謝絕了她的邀請。

「我今天拿了鑰匙就要走了。」

「親愛的，我還以為你會願意進去，鑰匙還放在我的外套裡沒有帶出來呢。別這樣啦，去露個臉再走嘛。」

對方以鑰匙作要脅，白尚熙不得已只好跟了進去。

炫目的燈光照亮著昏暗的空間。舞台上，數不清的人影正隨著強烈的電音節奏搖擺著身軀。白尚熙漫不經心地看著，安多妍將他拉進了內部的包廂裡。

不用逐一確認，也能猜想到在包廂裡的都是哪些人物。這是一個由知名歌手、演員、主持人等藝人、連鎖企業的游手好閒富二代、背景相似的網球選手，此外還有幾位時尚業界人士所組成的聯誼團體。他們每個月聚會一次，在隱密的場所裡通宵達旦，毫無罪惡感地享受一整夜的酒精、毒品和性愛。

一打開門，白濛濛的煙霧飄散出來。大麻特有的氣味洶湧地附著在鼻黏膜上。安多妍抓著白尚熙的肩膀，讓他站在人群面前。正在嘻笑調情的人們喔了一聲，將目光集中在他們身上。嚴格說來，白尚熙並不屬於這個團體，除了安多妍之外，他沒有半個稱得上是認識的朋友。儘管如此，這些人對於他這位不速之客沒有什麼戒心，可能是安多妍事先提過他的關係，更重要的是，他們對於白尚熙也很感好奇。一對上目光，對方便笑咧咧地，「一起玩吧」，毫不猶豫地向他提出勸誘。

「既然人都來了，喝一杯再走嘛，親愛的。」

安多妍摟著白尚熙的胳膊，再次勸說道。白尚熙環顧著四周盡情耽溺於大麻的人們，將手臂從安多妍手裡抽了出來。既然決定了要重新復出，實在沒有必要在這時候自討麻煩。

「我累了，把鑰匙給我吧。」

「怎麼，你們老闆不但管控你外出，連門禁時間都給你規定好啦？」

安多妍彷彿想讓所有人聽見似，大聲地發著牢騷。醉醺醺的人群爆出了堂而皇之的大笑聲。

「跟大公司簽了約，就打算不理人家了嗎？不要這麼掃興，只要喝一瓶啤酒就好。你就當作是報答我先前收留餵養你的恩情嘛。」

她把白尚熙推到了一個空位去。人群之中有人遞出了空杯子，白尚熙眼睜睜看著，卻還是選擇了他自己比較喜歡的另一款啤酒來潤喉。圍觀的眾人頓時齊聲發出詭異的歡呼。好心好意卻遭到拒絕的那人也只是無所謂地一笑而過。

白尚熙一言不發地喝著啤酒，感受到來自四面八方的視線，一個個的眼睛都放著精光。一名在不遠處持續輕浮嘻笑的男人突然向他搭話。

「回來之後還沒見過尹羅元吧？」

「沒頭沒腦地說什麼啦！」

聽見他突然提起這個話題，安多妍打了男人一下。

「幹嘛啦？他應該會想知道毀了自己人生的狗崽子現在究竟過得有多好吧？只要是人一定會感到好奇的不是嗎？」

男人義正言辭地辯解，隨後乾脆轉身，面朝白尚熙而坐。

「應該有很多人追問著池建梧先生吧？問你是為什麼揍了那個傢伙。記者也好，在軍隊裡也是，甚至是同事們，最常被大家問到的應該就是這個問題吧？但坦白說，我可是一點都不覺得好奇，不用想也知道一定是那個混蛋自找的，那傲慢的臭小子。」

他的語氣中透著一絲陳年舊恨的味道。仔細想想，男人同樣是出身於偶像團體的藝人。對偶像圈完全不熟悉的白尚熙這才想到，這個男的也許曾和尹羅元待在同一個團體一起活動，又或許是競爭團體裡的成員也說不定。

「那小子從以前就是個出了名的靠媽族，仰仗著他媽的後台作威作福，他會出道當偶像也只是想通過特別錄取的管道進入大學而已。整天都說偶像隨便當當就好，他打算之後就放棄不幹了，結果歌唱一唱，他反而變成裡面待最久的。和池建梧先生發生那件事之後，他大概紅了一年左右吧？憑他那樣子，還接了一些大企業的廣告，但是最近好像又沒什麼人要找他了。他自己是說現在是休息充電的期間啦，實際上淪落為無業遊民也快要有一年了吧？完全沒有出演什麼作品，也沒有聽過關於他下一步的任何消息，就連那些讓他苟延殘喘的廣告合約好像也都要陸續到期了。」

「不是至少還剩一個他母親的品牌？」

「聽說自從他當上代言人之後，銷售額硬生生少了一半？」

人群裡的其他人也跟著一起嗤嗤地笑了起來。開啟話題的男人說著「很想知道他為什麼會落得這番下場吧？」掌控了話題的主導權。

「因為就在他身價正在看漲的時候，突然爆出了戀愛傳聞，而且還連續兩次！」

「兩次還都是跟未成年對象咧。」

「幸好他被逮到接吻不得不承認交往的那個女生已經十九歲了，另一個他堅稱說只是關係要好的後輩，人家可是個十六歲的小妹妹欸！這個圈子裡的人都嘛知道他手腳有多快，被抓到和未成年交往後，為了假裝成柏拉圖式戀愛，不知道花了多少力氣在做形象管理。」

「他的粉絲應該都跑光了？當偶像的，一旦失去了鐵粉的支持，那就不用玩了，你知道的吧？」

「哎呀，那些只願意相信自己偶像的腦殘粉多的是。」

「不過確實是比以前少了很多粉絲吧？」

「總之啊，他和那個十六歲的小女生交往沒多久就出了分手的新聞，剛好就在那個時候，女方傳出中斷活動的消息。她的經紀公司宣稱她是生了病，說她想專心於課業，但是記者圈內卻在流傳著她是否懷孕了的說法。」

「尹羅元啊，自從他和池建梧先生槓上之後，搏了一堆同情票，有陣子真的一打開電視就可以看到他。只能說狗改不了吃屎，被他自己親手葬送了自己的大好前程。不曉得是不是因為緋聞的關係，日迅集團後來也跟他解約，他也陸續退出了當時出演的好幾個作品呢。」

尹羅元彷彿成了全民公敵似的，眾人興奮地對他進行詆毀。而白尚熙卻是搖晃著啤酒空瓶，從頭到尾只對安多姸問了一句「這個還有嗎？」眾人眼見沒有出現期待中的反應，隨即對他喪失了興趣。畢竟，這個話題他們已經不知道談論過多少遍了。

然而，話題的中心仍然圍繞在白尚熙身上，焦點很快地轉移到了他所隸屬的 SSIN 娛樂。

「這麼說起來，和當時的事件是不是有什麼關聯性啊？」

「什麼東西？」

「尹羅元以前代言的企業廣告不是日迅的嗎？然後，池建梧先生現在簽約的公司則是由日迅集團的第三代所創立的。廣告簽約和解除的時間點，還有簽署專屬合約的這幾個時間點都微妙地錯開來，你不覺得好像是有什麼關係嗎？」

大家對於 SSIN 娛樂的成立，包括印雅羅和池建梧的背景仍是頗感興趣。提出如此敏銳問題的男人正是其中的一人。然而，此一疑惑並沒有得到太多的關注。這是連白尚熙都不甚瞭解的部分，他也未曾向徐翰烈探問過。

事實上，大家更想知道另一項隱密的傳聞是否屬實。

「聽說是印雅羅小姐把池建梧先生介紹給公司的，那是真的嗎？」

「真的假的？你們兩人原本就認識了？」

父親是某連鎖集團的那名無業小開把自己的小拇指放進嘴裡吸吮，隨後抽了出來，舉著小拇指問道：「是這個嗎？」眾人發出一陣帶著揶揄的爆笑聲，罵他有夠低級。無業小開沒有停止對於印雅羅的性騷擾，說她即使年過四十了，據說身體還是充滿彈性。在座的人，不分男女，都把他低俗的言論當作純粹的娛樂消遣，所有人都是性騷擾的共犯。

白尚熙沒有作出任何反應，他始終面色不改。即便如此，他抬起眼來看著那名小開時的面容，卻帶著一股從未有過的冷漠。

「怎麼啦？池建梧先生，心情不好嗎？還是覺得話題太無趣了？那我們改聊什麼好呢？」

坐在近處的那個男人故意找碴似地說道。面向正前方的白尚熙，毫無暖意的目光落在對方身上。

「你簽約的那間公司，老闆人怎麼樣？」

這時有個大塊頭突然插話。他那體格讓人一眼就能看出來他是個運動員。忘記是什麼時候了，白尚熙曾聽安多妍提過這個人，說他打網球算是興趣兼工作。

「聽說他的稱號是能讓新人魚躍龍門的金主？他長得一副就是很喜歡做愛的模樣，你既然都跟他簽約了，應該有和他實際見過面吧？他的臉蛋真的就長那樣嗎？不是特別上鏡的緣故？看起來那麼高傲冷淡的樣子，攻略征服起來應該很帶勁吧？」

「你這小子又開始了。」

「我怎麼了？」

「只要有洞就想插的毛病又發作了。」

「去你的，我也是會挑對象的好不好？」

「挑半天然後對長著這個東西的傢伙也能發情是嗎？」

吐槽大塊頭的男人一把抓住自己的重要部位左右搖晃著。眾人再度喧騰地放聲大笑了起來。

「一個沒幹過後庭的傢伙還在那邊耍什麼嘴皮子？」

「嘔，我根本連碰都不想碰好嗎？」

「所以說你懂個屁啊，有腦子的話拜託你也稍微思考一下，那裡跟原本就是拿來抽插的洞會一樣嗎？怎麼可能？光是戳進去一根手指感覺就已經是天差地別了，要是對著那裡猛幹啊，對方會一邊哭著說他要死了，然後夾得超緊，好像快把你雞雞掐斷似的，爽快到眼前一片黃澄澄，爽到我都忍不住呼天喊地！」

眾人們聽了只能搖搖頭，各自拿起了手中的酒杯喝。儘管遭到所有人的無視，大塊頭仍是直咂嘴回味。

「而且男人的構造光用後面就能高潮，摳挖起來超級帶感。就算是那些掙扎著說不要的傢伙們，你只要蹭蹭他那邊，每個還不是都被幹得爽歪歪，叫到不行。」

「我不想聽這些，你這個死變態。」

「他是叫徐翰烈嗎？」

白尚熙無聲地抬眼看向了大塊頭。兩人一對上視線，大塊頭便朝他露出了一個有些卑劣的笑容。

「以一個帶把的傢伙來說，那樣的臉蛋可不多見啊？先是在那冷冰冰的臉上踹個一腳，然後再猛幹他的後穴，一開始他可能會瞪大著眼睛掙扎，過不了多久，他的雙腿肯定就會自動纏繞上來，被幹到哭得哇哇叫。看他皮膚白皙成那樣，他的奶頭和後穴是粉紅色的機率很高，哎，操，講一講我都要硬了。」

一個啤酒瓶被丟在了輕狂放肆的大塊頭面前，玻璃瓶和桌子碰撞出相當大的聲響。

原先在放鬆狀態之下的眾人這時紛紛投來訝異的目光，流露出不同於方才的警戒之意。醺醺然的氣氛急遽僵硬，場面一時混亂。其中有人瞇著眼尾，打趣地問說「生氣了？」像是在取笑因為玩笑話而一臉嚴肅的白尚熙。白尚熙沉默地看著對方，從座位上起身。

「行李再幫我用寄的吧，我之後會告訴妳地址。」

語畢，他旋即轉身，邁著大步離開了包廂。安多妍跟著跑了出來，尋求他的諒解。

「親愛的，你真的要走？他們是喝醉了才講話不知輕重惹人討厭，害你不開心了？」

「我有什麼好不開心的。」

確實是如此沒錯。安多妍他們那群人並沒有侮辱到白尚熙本人。他們用言語污衊騷擾的是不在場的印雅羅和徐翰烈，白尚熙根本沒有什麼立場好生氣。他也不是突然生出了從未有過的正義感。嚴格來講，白尚熙自己和夜店的那群人其實沒什麼太大區別。但是為什麼自己會感到一股莫名的噁心？難道是因為吸了太多大麻二手菸嗎？

「親愛的抱歉啦，你多擔待他們一點，你也知道的，大家的神智都不太清醒。」

「他們有清醒的時候嗎？……我走了。」

彷彿要安多妍別再跟過來似的，白尚熙直接向她道別。然而安多妍卻再度抱住他的手臂，纏了上來。白尚熙漠然地低頭望向自己被抓住的手，對方的手指頭搔癢地摸著他肌膚上突起的青筋。

「我酒喝太多了，好累喔，還是我也一起回家算了？」

赤裸裸的誘惑，白尚熙沒有拒絕的理由。

他總是很享受性愛，不僅是在需要紓解性慾的時候，還有心情不好、腦袋陷入混亂，甚至是過於疲憊的時候。做愛能解決自己內心的問題或情緒，至於對象是誰，對他來說並不那麼重要。白尚熙初次的性啟蒙是由某個現在已記不清長相的人，以安慰之名，教導帶領他開啟了性愛之門，打從那時起，白尚熙就只知道用這個方式梳理自己內在的糾結。他不覺得這有什麼不對。

白尚熙替安多妍把頭髮別至耳後，安多妍用臉頰蹭了蹭他的手掌。觸感柔軟，令人舒服的體溫貼了上來。在閃爍的燈光下，兩道搖曳不定的身影重疊在了一起。對方溼潤的嘴唇上，散發出一股唇蜜特有的香草味道。

✳

白尚熙進了屋，見到玄關的皮鞋時，他動作停頓了一瞬。不難猜到那是誰的鞋子。他摸索著身上的手機，不記得事前有收到聯絡，拿出手機再次確認了一遍，對方並無傳來任何訊息。

他穿過昏暗的走道來到客廳，徐翰烈正坐在吧台前。白尚熙一直沒碰的紅酒似乎找到了它的主人。儘管白尚熙從玄關處一路而來發出了不小的動靜，徐翰烈也只是朝他瞥了一眼，什麼話都沒說。他輕輕地轉動著玻璃杯中剩餘的紅酒，銜咬住了纖細的唇瓣。

紅酒在徐翰烈嘴裡停留了好一段時間，才緩緩入喉。即使如此，他還是有點捨不得的樣子，翻攪著舌頭，享受著殘留在口腔中的餘韻。不過是瓶紅酒，他要多少就有多少，再昂貴也不成問題，他卻總是露出那副遺憾的神情。

「你去了哪裡嗎？」

這句話可以是普通的招呼語，也可能是在質問著對方怎麼現在才回來，語意十分地模稜兩可。白尚熙沒有遲鈍到聽不出對方語氣中的些微差異，卻仍是沒什麼反應地嗯了一聲。

他走到冰箱前，拿出了一公升的瓶裝水。杯子就在近處，他卻毫不猶豫地直接以瓶嘴就口。白尚熙仰起了頭，完全敞露的脖頸處，喉結正暢快地上下滾動著。

徐翰烈正大光明地在一旁觀看，就算中途和白尚熙對到了眼，他也沒有將視線挪開。白尚熙放下空了一半的水瓶，直直朝他看過來。

「秘書那邊完全沒有通知我。」

「楊秘書不知道我在這裡。」

楊秘書並不知情⋯⋯白尚熙咀嚼著對方話中的含意，對著徐翰烈慢慢地打量起來。那身西裝是他平時的裝扮，不像是從家裡過來的。頭髮雖然有點凌亂，又不像是喝了太多酒。

「怎麼了？難道我不能過來這裡嗎？」

「你不是說你討厭等待？那至少過來之前先確認一下有沒有人在吧？要是我今晚沒回來你要怎麼辦？」

「看來你在外面有事情需要忙一整晚？」

「算吧。」

白尚熙答得相當含糊，似是無意誠實答覆。徐翰烈也不再繼續追究，只是無意識地撫摸著紅酒杯的杯腳。隨後，那隻手忽然間停頓了動作。他皺起眉頭，不悅地看著白尚熙，像是在要求他給出一個解釋。

「你不是說你不嗑藥？」

「我沒有啊。」

「身上這麼重的大麻味，還敢說你沒有？」

「我是說我沒有抽，我可沒說其他人也沒抽。」

「一個打算捲土重來的人，卻一點都不懂得什麼叫小心謹慎？」

「我欠了人家這麼多人情，難道你要我一下全部斷絕往來嗎？」

「對你沒有什麼幫助的話就斷了吧，你這種傢伙除了女人以外還會有什麼其他的往來？」

「如果我做不到呢？」

「為什麼做不到？」

「我為什麼非這麼做不可？」

「什麼？」

「你該不會以為，我簽了約之後就只和你睡吧？」

徐翰烈緊握著酒杯的手瞬間鬆了開來。他立刻用著滿不在乎的口吻道：

「當然是沒有那個必要，我又不是要和你談戀愛。我只要你遵守一個重點，就是不准把亂七八糟的病傳染給我。」

徐翰烈在空杯裡重新倒了一些紅酒。白尚熙把腰靠在後方的烹飪臺上，僅是注視著他的動作。

「我竟然為了你這個骯髒的傢伙，遭受了別人不必要的辱罵。」

徐翰烈不滿地嘟囔著，驀地和白尚熙對視。

「和你牽扯上關係之後，大家都把我當成了白痴冤大頭，想要給我指點迷津，忙著對我指手畫腳的。我突然開始懷疑，你這個傢伙提供給我的價值究竟值不值得我去承受忍耐這一切。」

白尚熙雖然不知道發生了什麼事情，但大概能夠想像得到是何種情況。對於不滿地看著自己的徐翰烈，他語氣尋常不過，像是在問他要不要來杯咖啡：

「要我幫你吸嗎？」

徐翰烈頓時笑了出來。其間，白尚熙的人已經來到面前，他傾斜上身橫跨了桌子，捧起徐翰烈的臉。不給對方半點反應的時間，唇瓣直接疊上徐翰烈的嘴。徐翰烈脖子往後一退，兩人的視線在極近的距離之下交錯在一起。或許是貼得太近，徐翰烈除了那雙瞳孔和映在彼此眼中的倒影之外，什麼都看不到，也讀不出對方的表情。

「我今天來不是要和你做的。」

「我也沒說要做啊。」

「那就閃開，少在那邊耍什麼小手段。」

徐翰烈皺了一下鼻子。霎時，白尚熙繞過桌子走近，打破了兩人之間曖昧的距離感，將徐翰烈豐厚的下唇輕咬在他嘴裡。溼熱的氣息噴灑在原本乾燥的人中處。

白尚熙含了一口徐翰烈富有彈性的下唇瓣，再含一口他輪廓突出飽滿的上唇，輪流地銜咬著，隨後微微側頭，將舌頭鑽進了徐翰烈的嘴裡。徐翰烈沒什麼排斥地含住了白尚熙的舌，很快地閉上了渙散的雙眼。

兩人的舌頭在微溫的黏膜當中變形似地交纏在一起。唾液和柔軟的舌肉不停攪和，發出了濕濘的滋滋聲響。白尚熙持續跟隨著徐翰烈的引導，在他嘴裡盡情地放蕩肆虐。

徐翰烈把舌頭伸進他嘴裡時，他還倏然退開，待對方一時停下動作，又伸出舌頭去和徐翰烈的相互磨蹭，故意惹他生氣。兩人的舌頭互蹭時，舌苔上的粗礪感助長著興奮度。喝了紅酒也面不改色的徐翰烈，臉頰已隱隱泛起熱潮。

白尚熙的舌頭挑逗誘人，彷彿逮到了又被他逃走，再度糾纏到一半時，他又令人失落地抽離。徐翰烈用嘴唇將白尚熙進退自如的舌猛然箍住，然後急不可耐地一口一口香甜地吸吮著。他盲目依循著本能的動作宛如飢餓的嬰兒在吸吮著母親的乳頭。甜蜜沸騰的唾液某些順著喉嚨吞下，一部分則是保留在口中滋潤著黏膜。吻到一半，卻只剩徐翰烈的舌獨自在自己空蕩的口腔裡游移，尋找著對方突然消失的高溫舌肉。他疑惑地掀起眼皮，不知何時已經退開的白尚熙在自己嘴裡頂弄著舌頭，看著徐翰烈的眼裡帶著揶揄。

「這下終於知道為什麼楊秘書不知情了。」

徐翰烈耳邊傳來了嘲諷的喃喃自語。白尚熙修長的手指一個接著一個地輕碰著徐翰烈耳根、頸柱上殘留的紅印，再加上那股和徐翰烈喜好形成強烈對比的甜膩香水味。這些證據代表徐翰烈在來到這裡之前還曾繞去了別處。

「沒有規定說我只能和你做，不能找別人吧？」

「話是沒錯啦，但你明明也在別的地方不知檢點地縱情享樂，卻只有我一個被當成了髒東西，這樣不是很不公平嗎？」

白尚熙後來沒有和安多妍做。要是在平常，在那種氣氛之下，白尚熙毫無疑問是會跟她滾上床的，然而他卻只是簡單地接了個吻就與她道別。他自己也不明白為什麼，就是提不起勁。或許是因為那一屋子濃密的大麻菸讓他覺得有些不舒服吧。

硬要追究，倒也不是因為徐翰烈的緣故，他沒有道理要這麼做。然而，徐翰烈明明自己也和別人亂搞了一頓才來的，卻用著一副小心眼的記仇模樣瞪著自己，彷彿自己做了什麼對不起他的事，白尚熙心中竟莫名地感到一絲不平衡。

徐翰烈被那句不知檢點給惹毛，倏地甩開了白尚熙的手，像是要漱口般地含了一大口紅酒。他慢慢吞嚥而下，不知在想些什麼，突然斜眼俯視著酒杯。

「看來少了點下酒菜呢？」

他揚起眉瞪著白尚熙，在臉龐梭巡的視線慢條斯理地下滑。

「做給我看。」

「什麼？」

「我叫你自己打手槍給我看。」

面對這個毫無脈絡可尋的要求，白尚熙不禁笑了出來。

「你的嗜好還真是高尚啊。」

「和你簽約的期間，感覺時不時就得受一大堆鳥氣，所以我想要看看你那裡是否有賞心悅目到值得我去承受那堆破事、長得是否有好看到我心甘情願被它操的地步。」

徐翰烈大剌剌地用下巴指了指白尚熙的褲檔。白尚熙牢牢地注視著他睥睨的目光，毫不避諱地拉下了褲子。結實的大腿被緊身的平口內褲邊緣束縛壓迫，上下都勒出了韌實的肌肉，從下方掏出性器的手指依舊如此筆直修長。哪怕只是用眼睛觀看，都能自然而然地回味起那手掌的溫度和力量。徐翰烈靜靜地飲著紅酒，一邊欣賞著垂在眼前的陽具。尚未勃起的陰莖，一眼就能看出它超出了一般人的長度，粗度本身並沒有那麼令人不自在。嵌著端正指甲的手指頭悄悄地拉下包皮，露出了隱藏在其中的龜頭。如蛇頭形狀的前端帶著暗紅，特別搶眼的是龜頭的大小，似乎大到食指和拇指無法順利圈覆的程度。未勃起的狀態就長這樣了，徐翰烈記得充血之後的柱身也會變得和龜頭差不多粗壯，所以上次才沒有感覺龜頭長得特別明顯。

徐翰烈忍不住回想起不久前這傢伙的頭伸在自己大腿間的畫面。舌尖鑽開了緊密的嫩肉進入體內，穴口不停一張一合的情景清晰地重現在腦海裡。大腿內側彷彿也在同時憶起了當時的感受，他不動聲色地翹起腿坐著。

白尚熙的性器在這時突然抽動了一下，反彈了回去，突如其來的動作讓徐翰烈不由自主地縮了一下肩膀。白尚熙坦然自若地擼著垂下的陰莖，嘴唇勾出一道長長的弧線。

這傢伙八成是故意的。

徐翰烈看著對方沒有反應的老二和擼動的那隻手，頓時感覺到一股明顯的視線。他抬起眼，毫不意外地和白尚熙對上了視線。白尚熙動作慢吞吞地一邊摩挲著自己的性器，一邊目不轉睛地盯著徐翰烈看。

「幹嘛那樣看著我？」

「總要看點什麼才能引發刺激吧？」

「這是拿我當配菜的意思？」

「勉強湊合一下？如果能再露個乳頭就更好了。」

「只會講幹話，你這個混蛋。」

「我這邊也正在努力了啊。」

白尚熙咧嘴一笑，陡然間縮短了兩人之間的距離。徐翰烈雖然反射性地退後，白尚熙已經覆上了他還來不及從桌上離開的手。即使用力地抽手，白尚熙也不願放開，反而抓得更牢，而他豎立著自己性器的動作也在這時變得更加猛烈，牢牢鎖緊著徐翰烈臉蛋的眼神也赤裸了起來。

「……」

漸漸地，隨著白尚熙緊抓徐翰烈的手勁越來越大，他手中不斷套弄的陰莖開始變得硬挺。環繞在陰莖上的粗大青筋也彷彿要爆裂似地隆起。一點一點膨脹起來的陽具迅速地恢復成徐翰烈記憶之中的雄偉姿態。原本暗紅色的龜頭頂端不知何時已噙著滑溜的黏液，變得紅潤不已。白尚熙噴發在徐翰烈耳側的呼吸也開始急促了起來。

他性器的鈴口宛如鼻翼般翕動，柱身不停地抽搐著。一直瞪著他下身的徐翰烈忽地抬眸，發現白尚熙的目光依舊緊盯著自己的臉龐。不過，原先游刃有餘的表情已不復存在，他筆直的眉毛難受地皺起，卻又隱約揚起了嘴角，呈現出一種微妙的不協調感。

白尚熙的性器鮮活地跳動，找尋著地方想要進入，它把自己的虎口當成了洞，正噗呲噗呲地捅弄。再一次地，光滑閃亮的龜頭反覆出現在徐翰烈的視野裡，一下子探出頭來，一下子消失。為了緩解升騰的興奮感，白尚熙每次挺起下體，大腿都把桌子撞得哐哐作響。紅酒平靜的表面被震出了劇烈的波動。

抓著徐翰烈的手指緊緊捏起，痛得徐翰烈啊地發出一聲痛呼，白尚熙緩慢地轉動眼珠子與徐翰烈對視。徐翰烈完全讀不出情緒的那雙眼裡正飽含著明晃晃的肉慾。登時，白尚熙伸出殷紅的舌頭舔潤了自己乾燥的唇瓣。徐翰烈屏息凝神地注視著眼前的這一幕。與他面對面的白尚熙冷不防地歪了頭，嘴唇再次觸碰到徐翰烈的唇瓣。

精液的腥味和肉體的氣味瞬間湊近。徐翰烈一撇開臉，就被白尚熙熟練地箝住了下巴，逼著他轉回來。徐翰烈再度甩掉對方的手，扭開了頭。正當他以為對方順從地放棄接吻時，白尚熙竟咬住了徐翰烈敞露在外的耳朵並拉扯著。比接吻時更滾燙黏稠的唾液浸濕了耳際，把耳朵弄得又軟又黏。白尚熙壓抑之下的吐息果然避免不了地接連噴發在耳裡，熱燙的體溫馬上漫延至徐翰烈的耳側。他禁不住連連縮瑟著脖頸。

「哈啊、哈、呃……！」

白尚熙的呼吸越來越粗重，砰地一聲，身體猛烈地撞上了桌子。他的腹肌倏地收緊，下面噴射出乳白的精液。強力迸射而出的精液灑落在桌子和兩人交疊的手指上，以及徐翰烈緊握的紅酒杯。沿著玻璃杯表面流下的濃稠黏液最終淌進了紅酒裡，渲染成一片混濁。白尚熙順勢把頭埋在徐翰烈的頸肩處，射精過後呼出的氣體令人渾身酥軟。

徐翰烈好似被白尚熙鉗制住身體，僵硬得一動也不動。感覺到對方的精液滲進了自己的指間，他受不了地彎曲著手肘想抽出手來，卻仍被白尚熙扣住了手腕，還吻著他的耳朵。就算沒有轉回頭，他的頰側也能感覺得到對方的凝視。

「現在幫你吸？」

白尚熙用略為沙啞的嗓音在徐翰烈耳邊悄聲問著，彷彿早已知道他的褲檔脹到快要爆炸的事實。

混入了斑駁精液的玻璃杯翻倒在桌上，傾灑而出的紅酒浸濕了桌面。脫下的衣物從

椅子到臥室，沿路散落在地。四周一片靜悄悄的，只有臥室裡傳出了陣陣微弱聲響。

晦暗的床上攤著一具瑩白的軀體。大大敞開的腿根正被刺激得間歇性地抖動著。白尚熙的頭部在中間慢慢地上下移動。徐翰烈只能連聲發出短促的喘息。少了幾顆鈕扣的襯衫勉強還掛在臂膀，白紙般的身子如今滿是斑斑點點，解釋著剛才發生的一番情景。白尚熙照著自己的癖好又吸又囓的乳頭已然紅腫，尖端高高地聳立起來。被大肆撩逗的肉塊變得敏感到不行，光是用手或衣領輕微掠過，周圍的一圈肌膚都能泛起一股酥麻。

徐翰烈不聲不響地併起了膝蓋，把白尚熙的頭部往自己胯部拉近。

「……哈啊、下面的洞是越用會越鬆弛，上面的洞是越用越厲害嗎？我這樣一試，大概感覺得出來你的熟練程度……到底是給多少人口過可以吸成這樣？」

徐翰烈彷彿很荒謬無語似地咕噥著。白尚熙對於他直白的挑釁一點都不在意，只顧著吞吸他的性器。徐翰烈的腰身因為這股甜蜜的壓迫感而陷了下去，卻又暗自上頂。堅挺勃起的肉柱像是個活物般不住地往白尚熙嘴裡戳刺。粗糙的上顎摩擦起來似乎很舒服，徐翰烈的龜頭在那裡拚命磨蹭了好一陣子。白尚熙伸手輕按徐翰烈抽搐的腹部，用嘴唇啄吮著他敏感的乳尖，再用力地吃進嘴裡。喘息不已的徐翰烈頓時啊地痛叫出聲，白尚熙沒有停下，繼續大口吸吮，吸得徐翰烈膝蓋開始打顫，腹肌線條清楚地顯現了出來。胸口那道強力的吸附感，簡直像是要把裡面的東西通通吸乾，徐翰烈難耐地在床上使勁蹭著發熱的腦袋。

「唔……你對那些太太也是用這一招嗎？有個像兒子一樣的傢伙把臉埋在大腿之間，她們一定是爽到欲仙欲死吧？」

白尚熙暫時抬眼看向徐翰烈。只見他用手肘撐起了上身，嘴上還在反問著「難道不是嗎」，臉上看起來已不再是陶醉於快感的狀態。明明生了一張漂亮的臉蛋，卻老是把污穢難聽的話語掛在嘴邊。

「幹嘛？快吸啊！」

徐翰烈似乎對於愉悅感的中止感到不滿，他捏起白尚熙的耳朵，把他拉到自己的胯下。白尚熙直視著那雙蒙上了一層情慾的眼，不急不徐地張開了嘴。徐翰烈卻在這時毫無預兆地挺起下身，性器一口氣擦過扁桃腺生生捅進了喉嚨口。就算是一直表現得從容不迫的白尚熙此時也不禁側身乾嘔了起來。徐翰烈高興地觀賞著他這副模樣，隨後抬起了白尚熙的臉，作嘔的感覺逼得對方額頭上青筋浮現。徐翰烈的嘴角微微升起。

「男人的又不是沒吸過？就像你說的，反正都是肉，有什麼辦不到的？」

「想被男人舔老二的變態畢竟不多。」

白尚熙滿臉嗆得通紅，喃喃地回應。說完，他立刻拽了一下徐翰烈不知何時被他逮在手裡的腳踝，對方半仰的上身也因此平躺回床鋪上。他親吻著徐翰烈的膝蓋，輕巧地拉下他的腿，從膝蓋上方默默地一路親到了肚子。徐翰烈站立的陰莖似碰非碰地貼在白尚熙的臉頰上，最後被白尚熙用下巴壓了下來。徐翰烈靜靜地深吸了一口氣，降下了臀部。白尚熙假裝忽略那根被輕壓在自己頸部的性器，吻著緊繃的腹部，由下而上地親了上去。徐翰烈懷著一股奇妙的期待感，看著對方的臉一寸寸地接近。

白尚熙搔癢般地撫過徐翰烈的腰部，褪去了凌亂的襯衫，隨後，雙手大拇指分別在兩側硬挺的乳頭上輕柔地捻著，同時把臉埋進了徐翰烈的脖頸內側。他緩緩地轉動著拇指，一邊發出聲音地啄吻著徐翰烈的脖子，徐翰烈忍不住逸出了低低的呻吟。胸前因刺激而挺立的小肉團軟糊糊地融化在淫蕩的手勢裡。白尚熙一點一點地拉扯著手中濕軟的乳尖，用力吸吮著徐翰烈的頸子。徐翰烈在雙重的刺激之下急切地扣住了他的肩膀，白尚熙也不在意，繼續用指尖摳弄著兩團小小的突起，按壓幾下，又輕輕扭轉了幾次才放開。敏感的部位反覆湧現微微的快意，令快要爆發的性器泛起一陣顫慄。徐翰烈的手在白尚熙肩上不停抓撓，白尚熙則是隨心所欲地啃咬起他白皙的頸肉。

「……啊！好痛！」

徐翰烈終於發出不爽的抱怨。儘管如此，白尚熙不管不顧地沿著那俐落的下顎線一點一點地吻著，正打算吻上唇瓣時，徐翰烈不悅地偏過了頭。白尚熙一頓，乾脆囁咬起暴露在眼前的耳垂，把舌頭滑進了對方耳裡。徐翰烈縮了一下，想要推開他，手卻被他壓制。他的舌尖在徐翰烈的耳中反覆鑽弄著。

「唔、呃——好癢！」

「痛也不行，癢也不行，那你是要我怎樣？」

對方的嗓音在濕漉漉的耳朵裡聽起來格外拖曳冗長，徐翰烈的脖子整個蜷縮了起來，先前那副游刃有餘的模樣消失得無影無蹤。白尚熙霎時間停下了動作。即便徐翰烈正緊閉著雙眼，也不可能忽略對方直直落在自己臉上的目光。

「……」

「……」

片刻的沉默已經足以讓徐翰烈感到羞恥，他的臉蛋唰地燒紅了起來。同時，被白尚熙壓在下面的身體掙扎著想擺脫身上的箝制。他奮力地反抗，連白尚熙按壓著他的手都不由得被他舉起。白尚熙十指相交地扣住了徐翰烈不斷試圖逃跑的手，打定了主意要搜刮他的耳道。火熱的舔拭聲潛進了洞內深處，毫無阻隔地攻城掠地。

「……不、不要這樣！」

白尚熙彷彿什麼也聽不見，舌尖繼續鑽進溼潤的耳道舔弄挖掘。不時也用兩根手指圈住徐翰烈的性器輕輕地套弄，每次搓揉尿道口，徐翰烈的腰都會高高地拱起。他彷彿再也受不了似的，在白尚熙的肩膀和頸子上亂抓一氣，胡亂蹬著雙腿。企圖逃脫的身體正熨燙著高溫，粗魯地糾纏拉扯。徐翰烈的臉、耳朵、血管突起的脖子，全都紅彤彤的一片。白尚熙的舌頭像個幫浦一樣持續在他耳裡塞進抽出，撩撥著他的射精感。倏地，他緊捏住了徐翰烈的龜頭，汩汩流出的考珀液從他的指縫中滲了下來。

「啊、不要……放開、那、呃……」

正要射精時突然被強行阻止，徐翰烈的腰桿激動地懸空抬起。即便他兩腳發神經地亂踢，在這個彼此肚臍相貼的體位下，也只是踹走了一堆空氣而已。他想盡辦法急欲脫逃，白尚熙卻仍是無動於衷，堅持不懈地在徐翰烈的耳裡來回折磨。在沒有半點解脫跡象的情況下，徐翰烈原先高傲的臉龐現在彷彿隨時會哭出來，難受地癟成了一團。他白皙的手掌對於白尚熙緊握著自己性器的大掌根本無計可施，只在一旁瑟瑟顫抖。白尚熙在他僵硬的臉頰上溫柔地啄吻。

「嘴上說著不要，卻用這種眼神看著我，根本沒有半點說服力啊。」

捏著性器的手掌無預警鬆了開來，那些猛烈上湧卻被堵住的東西爽快地噴洩而出。

「哈呃……！嗚、啊啊……」

徐翰烈發出了隱忍許久的呻吟，嘴唇輕微抽搐。白尚熙毫不避諱地直盯著他高潮的模樣，然後愛撫著他的肚子，在他身上各處親吻。重度餘韻中抖動的肉莖被白尚熙含進了嘴裡，就連殘餘的液體也徹底吸了個精光，然後他再用舌頭把徐翰烈從骨盆處噴濺到腹部和胸部的精液，自下而上逐一舔拭乾淨。徐翰烈還忙著調整急促的呼吸，只能眼睜睜地看著白尚熙的臉越來越近。他來到了鎖骨間，抬手對著徐翰烈的下巴輕輕一按，徐翰烈嘴巴自然開啟，白尚熙的舌頭便從那縫隙中擠了進去。

「唔……！」

唇舌一交纏，精液特有的腥味就在徐翰烈嘴裡擴散開，讓他不禁緊蹙眉頭，側頭閃避。白尚熙噗哧一笑，用拇指掃過嘴唇上沾染的東西，吮指吸了起來，還伸出紅潤的舌頭在唇上舔了一圈。徐翰烈一臉反感地瞪著他。

「到底要還是不要，選一個吧？代表。」

聽到這句諷刺的話語，徐翰烈的身子一怒而起。白尚熙使了勁壓制著他的身軀，卻又在瞬間突然鬆手，藉著反作用力將徐翰烈的身子翻了面。徐翰烈的肚子轉眼貼在床上，白尚熙的胸口則覆上了他的後背。他被鎮壓在對方身下，完全動彈不得。即使白尚熙的手撫過他的腰，滑至他的臀縫處，他仍是束手無策。

修長的手指撐開了臀縫，用中指劃過充滿細密皺摺的入口，徐翰烈的腰身立刻僵直起來。白尚熙啃咬著他的頸背，連續不斷地摸索著洞口的軟嫩部位。那裡的肌膚比任何地方都來得柔嫩，白尚熙施加微微的壓力，短暫地撫平了皺摺，復又讓它恢復原狀。性器要是插進去的話，這一圈滿滿褶皺屆時都將消失於無形。

白尚熙用力地咬住徐翰烈的後頸，鬆口之後，開始沿著筆直的脊椎親吻而下。隨著吻來到了纖細的腰脊處，他的下巴抵到了高高隆起的臀肉。白尚熙真切地感受到徐翰烈的緊張之意。他沒有停下動作，朝著兩側分開了徐翰烈的臀部。羞於見人的部位完全暴露在對方面前，徐翰烈的腦袋埋進了被褥之中，繃緊的肩膀正肉眼可見地發著抖。

白尚熙用秀挺的鼻尖輕緩地摩挲著茫然不安連連抽搐的小洞。當皺紋一縮起，原先可見的穴口頓時被隱藏了起來。他再一次撫平著那些緊張的褶皺，暗暗深吸了一口氣。

「聞起來好香。你和女人上床，連裡面都洗乾淨了嗎？」

「……閉上你的嘴。」

「明明身上還沾著女人的味道，真的不要？」

「我叫你閉嘴你是沒聽見嗎？是狗的話就像隻狗一樣安分點！」

「啊哈，像隻狗一樣。」

白尚熙重新把徐翰烈的臀部向兩邊扳開，耐心舔著敞露的穴口。徐翰烈氣惱地晃動著身軀，神經質的舉動把枕頭都給掀翻了過去。白尚熙就像是故意似的，貪婪不已地嘬吸著裸露的小洞。火熱又黏膩的舌頭持續地在細緻皺摺上擠壓成一團。因緊張感而收縮的穴口逐漸鬆軟開來。白尚熙赤裸裸地將那一圈周圍的嫩肉吸進嘴裡，正式開始擴張穴口。

「唔、呃……」

徐翰烈的拳頭被自己捏到泛白，腰桿卻自相矛盾地在白尚熙的刺激下不停扭動抽搐著。

舌尖有力地戳進了軟穴裡，原本堅實的入口溫柔地開啟，拉扯著白尚熙的舌頭。當他的舌頭刮擦著內部的黏膜時，徐翰烈的嘴裡傳出了嘎吱的磨牙音，同時下腹部牢牢地抵在床上，似乎亟欲擺脫這股令人難受的刺激。

白尚熙伸手拿起桌上的潤滑凝膠，打開蓋子，用牙齒咬掉瓶塞。透明的黏稠液體順著徐翰烈的屁股流下，冰冷的觸感讓他肩膀不禁打了個激靈。

白尚熙的手指頭撫過兩側臀瓣上滑順的凝膠，推進了股溝裡。很快地，稱為溝壑的那個地方已經盈滿了透明的凝液。他幾乎倒完一整瓶的潤滑劑，充分地浸透了徐翰烈的腰脊和胯下甚至床單。過於濕滑的觸感讓徐翰烈不悅地回頭看了一眼，就在這時，一根手指頭忽然戳了進來。

「……啊啊！」

「這種程度應該還能忍受吧？」

白尚熙厚顏無恥地開口，兜轉著手指頭在內壁探索。造成強烈異物感的東西在徐翰烈體內翻攪，他的兩條腿因此忍不住一直在床上滑動著。白尚熙不急不徐地舔著他通紅的耳後，手指頭開始在後穴裡插入又拔出。儘管徐翰烈縮著肩膀試圖閃避，白尚熙仍頑強跟隨，對著他的後頸窩和耳廓狠狠地囁咬。與此同時，下方糊了潤滑劑的整根手指紮紮實實地擴張了入口的空間。白尚熙加了一根手指頭將洞口撐開，一下又一下地摩挲著軟軟的黏膜，讓徐翰烈感覺下腹部開始變得有些奇怪。沒多久，第三根手指也撐開穴口插了進來。白尚熙毫不留情地戳弄著後穴的同時，也一邊用拇指撫慰著會陰部和陰囊。下身匯聚的一股熱意使得徐翰烈肚臍附近有種難以形容的痠痛感。

「嗚、呃……呃啊、不要再弄了，快放進來。」

「你別慫恿我，我這次是不會停下來的。」

白尚熙無視了徐翰烈的催促，手指頭向內頂弄著。徐翰烈倒抽了一口涼氣，實在無法適應這種被入侵的感覺。他腦海裡一片混亂，那裡又癢又難受，覺得彆扭不已、很想發脾氣。在他肚子裡陌生的摳挖動作甚至引發了一點輕微的嘔吐感。不只呻吟，徐翰烈甚至壓抑著呼吸，他一把揪住了白尚熙的性器，彷彿要把這傢伙給拽下來似地使勁捏在手裡。白尚熙平靜的眉宇頓時蹙緊。

「不是叫你趕快進來嘛！」

徐翰烈低吼著，整張臉上沒有半點血色。白尚熙莫可奈何地笑了笑，把徐翰烈的手從自己的性器上拿開。

「我預先警告過你囉？不要待會又在那邊反悔。」

他的手指終於從下面抽了出來。還沒等開口收縮闔起，套著保險套、份量沉重的肉柱已經將頂端抵在了上方，磨碾著軟嫩的表皮。保險套的頂端隱約被吸附了進去，白尚熙的陽具先在鬆軟的入口處磨蹭了幾下。一擦過敏感的區域，徐翰烈肩膀一僵，咬緊了牙根。別人不同於己的體溫，還有那巨大的肉柱，都帶給他前所未有的緊張感，令他不敢動彈。白尚熙撇了徐翰烈一眼，將自己的性器對準了洞口，並抬起了他貼在床鋪上的腰腹。緊接著，豎立的性器鑽開濕軟的穴肉探了進去。

入口處的皺摺瞬間被撐得平滑。然而，穴口張得不夠開，連白尚熙的龜頭都無法含住。白尚熙一邊將徐翰烈的臀瓣和後穴周圍部位扳開，下半身朝他貼得更緊一些，穴口這才終結了嚴密的防守，把龜頭一寸一寸地吃進去。好不容易剛勉強吞下性器頂端，洞口立刻迅速收縮，再次地勒住了陰莖。白尚熙雖然有想過後庭應該不如陰道那般柔韌，但是實在緊到他也不由得皺起眉頭來。

「放鬆一點。」

「……呃啊。」

徐翰烈咬牙切齒地罵著髒話，但是一點幫助也沒有。那個緊絞著肉柱的後穴沒有任何鬆弛的跡象，白尚熙的性器被卡在了入口處，進退維谷。由於穴口不停地蠕動擠壓，肉柱周身甚至還產生出細小的皺紋。

「……哈啊！」

白尚熙不滿地深吸了一口氣，然後把丟在一旁的凝膠撿回來，盡數擠在自己的性器上。不剩半點內容物的容器很快發出了壓縮空氣的聲響。他扔掉了空瓶，把匯積在徐翰烈背部的凝膠也全部塗抹在性器上，剩餘的潤滑則搓揉在勉強咬著自己龜頭的洞口處。徐翰烈的身體在微妙的刺激下細弱地顫抖著。白尚熙沒辦法再繼續忍耐了。

他牢固地扣住徐翰烈的腰部，下半身狠狠頂了進去。艱難嵌入的性器硬生生地鑽進了後穴，入口處被強行撐開的肌肉蠕動地吞噬著尚未進入的部分，內壁柔軟的黏膜也黏糊糊地吸附著陌生的肉柱，彷彿要它再多進來一些，緊密地席捲收縮著陰莖熟紅的前端。一陣茫然的頭皮發麻感使得白尚熙的身軀瞬間震顫了一下，儘管咬著牙，還是不由自主地泄出痛吟。頸背和耳際忽地衝上了一股熱氣。下體被絞得發痛，白尚熙不自覺深深皺眉，一側的嘴角卻持續上翹。

「……你是真想殺了我啊。」

白尚熙按著徐翰烈的脖子，確實地固定住他的身體，然後重心擺在下半身，將接合處的性器一點一點插入，強硬地頂開了狹窄的內壁。徐翰烈渾身跟著繃緊，不曉得是不是憋住了呼吸，脖子到耳朵整個都漲紅著。

好不容易只剩下根部還留在外面，緻密的黏膜卻在這時再度堵住了前路。白尚熙不願停下，他把額頭靠在自己按著徐翰烈後頸的手背上，然後將嚴絲合縫的下身向上一勾，剎那間的作用力之下，整根性器全部沒入其中，插進了從未被這般灼熱侵犯過的深處。徐翰烈終於發出了吃力的呻吟。他的肚子因不熟悉的貫穿感和痛意而不斷地翻攪著。白尚熙宛如在鑄造模型似的，在裡面耐心十足地停留，隨後連連在徐翰烈緊繃的肩背上親吻。徐翰烈雖然有逐漸軟化的跡象，但是始終沒有放鬆下來。

「別這麼緊張，再這樣下去會裂開的。」

白尚熙緩緩地調整呼吸，輕輕拍了拍徐翰烈的屁股。但徐翰烈只是垂著頭，沒應聲半句。白尚熙一言不發地低頭看著那個安靜的後腦杓，下體慢慢抽出，再徐徐地插進去。是因為第一次的緣故嗎？就算做了充分的擴張和溼潤，還是這麼不容易進入。進去時自己宛如要被脫了一層皮，退出的時候，徐翰烈絞緊的腸肉彷彿要被跟著帶出來一般。白尚熙並沒有倉促行事，他將自己緩慢地嵌入徐翰烈尚未適應的身體裡。於此期間，只知道死命收縮的入口漸漸鬆弛變得軟綿，甜甜地咬住了白尚熙的重點部位。

他抬起了壓在徐翰烈背部的上身，然後按住徐翰烈隨著進入而隱約扭動的腰桿，下體開始確實地抽插了起來。隨著白尚熙下腹部有力地拍擊，徐翰烈被串在一起的身子前後搖晃著。穩固支撐著全身的床墊承受不住瞬間衝撞的力道和重量，傳出了軋吱軋吱的聲響。

徐翰烈連呻吟或尖叫的餘地都沒有，只能咬著床單強忍著。被毫不留情強制貫穿的後庭熱辣辣的，讓他說不出話來。肉體每一次啪啪地相互拍擊時，都感覺肛門口張得越來越開。肚子裡有種逐漸崩潰解體的無助感。白尚熙的汗珠答答地滴落在徐翰烈緊張僵硬的腰背上，彷如野獸般粗重的喘息聲在徐翰烈敏感的耳際嗡嗡作響。拜他所賜，徐翰烈即使沒有親眼目睹，也能明確地認知到自己身上正在發生的情況。

男人之間的性行為與暴力無異。承受的那一方所體會到的只有痛苦而已。若不是被虐狂，是要如何從這種行為中獲得快感？徐翰烈覺得自己實在是無法理解。

白尚熙彷彿帶著怒氣，蠻橫地對著徐翰烈一陣猛操，絲毫沒有控制力道。在他恣意忘情的馳騁之下，徐翰烈的大腿和臀部都被撞擊得紅腫不堪。愁眉苦臉的徐翰烈終於忍無可忍地向後伸出手臂，抓住了白尚熙的大腿。然而白尚熙卻將那隻手反手箍起，繼續在徐翰烈的身後無情地拍打著。白尚熙將試圖阻止的手腕牢牢拗在徐翰烈身後，腰身可恨地對著徐翰烈搗弄。充滿潤滑凝膠和前液的濕滑甬道遭到不停的戳刺抽插，和勃起的肉柱混絞在一起。徐翰烈的後穴周圍和肚子裡都難以言喻地刺痛著。原先透明的凝液經由反覆的搗弄變成了乳白色的泡沫，到處附著在穴口、會陰部和陰毛上。徐翰烈再也無法忍耐地發出了聲音來。

「唔、呃啊……啊、痛、啊……啊嗯！」

「這不是代表你想要的嗎？哈啊、你以為被幹的感覺都很爽的嗎？」

白尚熙帶著嘲諷之意喃喃著，下身的性器一刻不停歇地進出。這是他第一次感受到性器被擠壓到發疼的緊緻。通常操幹了這麼久，再緊的地方都會開始變得鬆軟，然而咬著他性器的那股壓力至今並無減弱。他突然想起了夜店裡大塊頭的那一番鬼扯。最該死的是，徐翰烈的身體和那傢伙骯髒的妄想竟是如出一轍。

「媽的，那個死變態……」

白尚熙默默地咒罵著，忽然停下了動作。他維持著插入的姿勢，一把捏住徐翰烈的單側臀瓣，使勁地掰開來。由於反覆的進出摩擦，不僅是洞口，就連周圍的皮膚也都泛起了紅暈。看著艱難地吞吐自己性器的那個小穴，白尚熙稍微壓低了腰臀，再次向上狠頂。他緩緩拔出了碩大的陰莖後，一口氣直接插到最底。徐翰烈的身體彷彿觸電一般，渾身顫抖不止，咬牙切齒地罵著白尚熙是個混帳。

『而且男人的構造光用後面就能高潮，摳挖起來超級帶感。就算是那些掙扎著說不要的傢伙們，你只要蹭蹭他那邊，每個還不是都被幹得爽歪歪，叫到不行。』

白尚熙出神地觀察著徐翰烈的反應，隨後低伏著下半身，輕按著交合的陽具，重重地操進了洞裡。只見徐翰烈背部僵硬，發出了痛苦的呻吟。白尚熙再度退出陰莖，變換著不同的方向和角度反覆地抽插試探。徐翰烈的反應卻只是捏緊了拳頭，可憐地抖動著身子而已。那果然是在鬼扯的？白尚熙正打算放棄時，徐翰烈的身體猛然間彈了好大一下。

「……啊！」

白尚熙目不轉睛地盯著忍不住大叫出聲的徐翰烈。或許是感覺到了什麼異狀，徐翰烈正一臉迷茫地回過頭來。沒想到他也會有這種表情。白尚熙一邊看著不安地瞅著自己的徐翰烈，一邊往剛才那一處猛力戳刺。徐翰烈開始毫不留情地辱罵髒話。他被嚇得想拔腿而逃，說是連滾帶爬也不為過，連白尚熙的性器都從他後穴滑出，身體整個彈跳了起來。

「媽的……這是、怎樣……」

「……啊哈？」

「呃、你要幹嘛？」

「你不是聽說我下面很厲害嗎？我打算不要辜負那個傳聞。」

徐翰烈頓時心慌意亂，而白尚熙一把拉住了他的腳踝，托起他的膝蓋內側，把徐翰烈的身體一下子翻倒過來。他用粗壯的大腿撐開了徐翰烈的下半身。徐翰烈的小腹自然而然地抬高，臉龐上因此露出了不知所措的神情。白尚熙將他兩條掙扎的腿向上高高舉起，不慌不忙地伏下了身體。徐翰烈的身子幾乎被白尚熙對折成一半的同時，兩人之間的距離驟然縮短。

徐翰烈的雙頰被染成了酡紅色，彷彿想把白尚熙給大卸八塊似地怒瞪著他。白尚熙故意逗他地去親他的嘴，結果被他不爽地巴了頭。見徐翰烈又想逃走，白尚熙扣住他的手，忍不住在他的手臂內側咬了一口，痛得徐翰烈發出一聲短促的慘叫。

「我會輕一點，你把嘴巴張開。」

白尚熙朝著徐翰烈氣吁吁的臉龐低聲哄道。但是徐翰烈根本不肯聽他的話，斜著眼瞪人，一副隨時會反咬他一口的樣子。白尚熙伸出舌頭舔著徐翰烈緊閉的雙唇，舌尖鑽進了唇縫內側，舔掃著整齊的齒列。

「代表，不想要明天下不了床的話就乖乖聽話，嗯？要是按照我的性子來，你會被我幹到屁股開花哦。」

似是哄勸又像是威脅的低語一遍遍在徐翰烈耳邊響起。同時，巨大的龜頭已經抵在下方，隨時會插進來似地在鬆軟的入口搗弄著。白尚熙的舌頭連綿不絕地舔著徐翰烈的唇縫，要他趕緊打開嘴巴。徐翰烈擰著眉頭，堅持不願開口，於是，粗大的肉柱毫無徵兆地劈開了他的後穴。

「……啊啊！」

生平第一次感受到的、一種無法形容的痛意讓徐翰烈禁不住尖叫。脊椎骨傳來一陣錐心刺痛，一下子衝上了他的腦門。徐翰烈扭動掙扎著四肢，白尚熙的下半身卻用盡全力貼了上來，長驅直入地插進他肚子裡，不留一絲間隙。徐翰烈縱使想張開眼，還是不由自主地閉緊了眼睛。

白尚熙的臉湊到徐翰烈屏住呼吸的鼻子前，待徐翰烈好不容易抬起眼皮，他便理直氣壯地撤出了性器，又立刻操進去。徐翰烈死命地咬住下唇，抑制著快要爆發的呻吟。白尚熙直直俯視著那雙帶著怒意的眼睛，繼而又頂弄了好幾下。

「你之前在幹別人的時候，是不是都在期待著自己有一天也能被幹？」

「王八蛋……」

「既然之前那麼猖狂，就該做好這種程度的心理準備啊？」

「我殺了你……」

徐翰烈強忍著呻吟，都還沒等他發出低吼，白尚熙又再一次貫穿了後穴。徐翰烈簡直氣憤不已，啊地大叫了出來。

「我不是說了，乖乖張開嘴巴我就會手下留情的嗎？」

白尚熙老神在在地呢喃，狠狠地舔著徐翰烈的嘴，見他沒有任何反應，插至根部的性器緩緩拔了出來，蓄勢待發，彷彿隨時要撞進去似的。他的舌尖頑強地攪擾著徐翰烈緊閉的雙唇，徐翰烈終於不情不願地鬆開了顫抖的下巴。隨即，一條柔軟的舌頭闖進他嘴裡，下面火熱的肉柱同一時間捅了進來，深掘著內壁。

徐翰烈對於白尚熙言行不一的行為感到憤怒，想要推開他，白尚熙卻是絲毫不為所動，只顧著用舌頭搜刮著徐翰烈口中的每一處，性器維持著固定的頻率抽插著。白尚熙一次次的開鑿每次都戳進了更深的地方，撞得徐翰烈身體明顯地一震一震。上面和下面的內側黏膜同時被插弄、被熱切地搓摩，徐翰烈神智混沌，呼吸起伏完全亂了方寸，只覺頭昏腦脹。

就連尖銳的呻吟聲也被白尚熙如蛇般靈活交纏的舌頭給壓扁攪碎。沒來得及呼出的熱氣只能不斷地匯聚在白尚熙的嘴裡。

白尚熙的陰莖規律地撞擊著內壁，就在他不經意擦過黏膜上的某一處、觸發徐翰烈強烈慾念的那一刻，瞬時瓦解了徐翰烈那陷入絕境般的痛楚。因疼痛而扭曲的臉蛋霎那愣了一下，晃動游移的瞳孔顯得焦慮不安。

和徐翰烈相連結的白尚熙也如實感應到對方反應上的變化，突然覺得身下的抵抗力道減弱了許多。他訝異地望著莫名安靜下來的徐翰烈，試著挺動了一下胯部，原本鬆軟擴開的洞口一個強力收縮之下，產生了像是要夾斷性器的壓迫感。白尚熙不禁皺眉，無奈地看著徐翰烈。

「你是打算把我變成殘廢嗎？」

「……媽的，你給我好好幹就對了。」

「拜託我放你一馬都來不及了，這位代表好像搞不太清楚情況呢？」

皺著眉頭的白尚熙嗤地笑了笑，把徐翰烈的兩隻手腕按在了床上，重新開始聳動起他的下腹部。堅硬得有如鐵棒般的生殖器持續地抽插著腸黏膜，用著與先前截然不同的頻率，操得又深又快。然而白尚熙這次僅對著內壁的那一點固執地戳刺，用龜頭大力地碾壓。徐翰烈被扣住的雙手只能忿忿握緊了拳頭，原先掙扎不已的雙腿頓時腳尖發白地蜷縮了起來。

「啊、唔嗯、哈呃！啊、嗯、呃！」

伴隨著不停搗弄的泥濘聲，滾燙的肉莖和內壁黏膜難分難解地攪和在一起。既不是痛，也不是癢，一種奇異的感覺震盪著徐翰烈的骨盆。忽覺尿意翻湧而上，要是身體不蜷曲起來好像會尿出來似的，徐翰烈拚命地試圖合攏自己的膝蓋，卻根本無濟於事，白尚熙一下子就撬開他的身子，頂撞了進來。無法紓解的熱意綿延不絕地累積在徐翰烈的胯下。無論是全身使力抗拒，或是索性鬆開身體不管，那一股揮之不去的感覺怎樣都無法消失，身體反而變得極度敏感，把徐翰烈逼到了退無可退的崩潰邊緣。儘管他閉緊了嘴，仍然情不自禁地逸出呻吟。眼前忽明忽滅，像是腦子裡有個警示燈在閃爍。身體已經不再受到自己的意志支配了。

徐翰烈換過無數性伴侶、睡了不知多少的人，卻是初次體會到這種與世隔絕的感受。就像是茫然無措地墜入了一個自己從不曾接觸過的未知世界，無法知曉等在盡頭的會是什麼。那股虛無飄渺感讓他不安地晃動手腳掙扎著。

「嗯！啊、啊嗯、啊！唔！」

徐翰烈崩壞得亂七八糟的呻吟聲鼓舞了白尚熙，他用最大的幅度捅進捅出，每一下的搗弄，小腹都完全密合地貼了上去。龜頭像是要搗毀內壁的深處似，在裡面無情地橫衝直撞。徐翰烈的身體耐不住這般殘酷的痠麻感，連連弓了起來。

「啊嗯……啊、啊啊！」

「……呃、哈啊、嘶、呃！」

白尚熙聳動著寬闊的肩膀，一樣發出了痛苦的喟嘆。當他頂到徐翰烈最敏感的地方，隨著他蜷縮起整個身體，內壁的黏膜也會像吸盤似地吸附住性器，彷彿要求自己進得更深、更大力、徹底把裡面弄壞一樣，緊緊包覆和囓咬著脹到快爆炸的陰莖。甬道劇烈收縮的力度不同以往，不再是柔軟舒爽，而是令人感到火辣刺痛。儘管如此，白尚熙卻停止不了自己不斷向內開拓挖掘的動作。

他忽然間傾身，雙臂圈起徐翰烈的背，手掌扣住他肩頭，一邊在他的臉頰和頸部周圍落下鋪天蓋地的吻，下身同時一刻未停地動作著。徐翰烈的臀肉遭到他大腿無休無止地拍打，產生一種難以言狀、又熱又麻的痛意。

「哈嗯嗯、哈呃……嗯！」

徐翰烈簡直無法正常地呼吸。煎熬的快感直衝向頭頂，大腿不受控制地連連痙攣著，瞳孔已經失焦了好一陣子。兩隻耳朵除了自己無意識之下胡亂的呻吟之外，什麼都聽不見。交合處汲汲泵出的熱氣一而再，再而三地湧向全身，令他意識恍惚，腦海感覺滾滾沸騰。再這樣下去，自己真的會瘋掉的。

「哈呃、啊、停下、呃！哈啊、呃嗯！」

徐翰烈眼眶溼潤地發出了哀求。白尚熙伸舌描繪著他的下睫毛，舔走了凝結的水氣。隨後，他帶著一股要把堆聚在下腹部的熱意盡數排出的氣勢，加快了下身的速度。骨盆強而有力的夯幹，把徐翰烈頂得整個人不由自主一點一點地往上，操得他全身酥麻。紅到不能再紅的臀部被蹂躪得不成原樣，正小口小口地奮力吞吐整根生殖器。一覽無遺的洞口紅腫得厲害，被粗捲的陰毛如針扎般磨蹭著。

「呃！嗯、哈呃！呃啊！」

稠稠的唾液順著徐翰烈的下巴淌下。白尚熙抓起他的胳膊環在自己的脖子上。

「抱著我。」

他難得語氣親暱地低語，在對方受熱潮紅的臉頰上緩緩地舔拭著。眼見徐翰烈因強烈的灼熱感而瑟瑟顫抖，沒有任何動作，他「嗯？」了一聲，再度挺身將性器重重撞了進去。

「哈呃、你這該死的……」

徐翰烈的身子被頂得震顫不已，瞋目怒視著白尚熙。白尚熙又在他臉上不住親吻，溫聲催促著徐翰烈快點聽話，不情不願環繞著的手臂這才陡然使力摟住了他。白尚熙一臉滿足地把唇瓣貼上了徐翰烈的嘴，將他癱軟無力的舌和攪得黏糊糊的唾液一併吸進了嘴裡。與此同時，暫時停下動作的腰胯開始快速地上下聳動。

徐翰烈的指尖捏得泛白，雙目緊閉，緊摟著白尚熙的舉止相當悲壯悽慘。

「嗯、嗯！嗯嗯……！」

大力咬到都快出血的牙關之間洩漏出難耐的痛吟聲。白尚熙粗重地喘著氣，加速打樁般的衝刺。

他能感覺到被完全充填的那處收縮得越來越緊實，再無一絲多餘的空間，也感受到了與異性做愛完全不同層級的體力極限。心臟跳得如此飛快，以至於整個左胸被震得酥麻麻的。徐翰烈筋疲力竭，催促他快點結束。白尚熙於是埋入了整根陽具，緊緊地把徐翰烈抱在懷裡。不多時，深深插進徐翰烈肚子裡的陰莖開始抽搐跳動，一股嚇人的灼燙感讓徐翰烈閉緊了眼睛。白尚熙動了動一時僵硬的身軀，又再頂了幾下腰部，仍然威風凜凜的性器繼續將爆發後殘存的精液傾瀉殆盡。明明精液沒有直接噴灑進腸道，肚子裡卻誇張地咕嚕嚕絞動著。徐翰烈連呻吟聲都發不出來，只是渾身不斷打著哆嗦。

心蕩神馳的空氣神奇地向下沈澱。四周的一切沉寂了下來，一時之間只剩兩人急促的喘息聲還在持續迴盪。熱氣從體內一下子向外蒸散，背脊突然發涼了起來。臉上掛著涔涔汗珠的徐翰烈打了個寒顫，白尚熙便鬆開把人抱到發疼的手臂。他抬起頭，垂眸看著徐翰烈浸淫在虛脫感之中的臉龐。

徐翰烈溼透的肌膚，此時此刻找不到半點原先的白皙感。他氣喘吁吁，赤裸的肉體一直在抽搐。微微掀開的下唇像是痙攣般微弱地顫抖。白尚熙直勾勾地俯視著徐翰烈，小心地拔出了嵌在他體內的陽具。只不過是把放進去的東西抽出來而已，徐翰烈還是皺起了眉頭，不由自主唔地痛叫了一聲。

一拔掉保險套，填滿儲精囊的白色液體緩緩溢漏而出。白尚熙讓它滴在徐翰烈仍在餘韻之中顫抖的會陰部上，略稠的精液驚險地流過微微張合的窄穴邊緣滑了下去。他不禁想像了一下自己的精液從那紅腫不堪的洞口流出來的畫面，光是這樣，就讓他湧上一股想再幹一炮、想把裡面射得滿滿，滿到溢出來的那種慾望。

「……你在幹嘛？」

徐翰烈感覺到一絲不對勁，抬起頭推拒著白尚熙。他的嗓子因為持續的叫喊早已變得沙啞。白尚熙把臉埋進徐翰烈的脖頸，慢慢地從耳垂吻到了臉頰。與此同時，下方傳來了戴上保險套的摩擦音。徐翰烈臉上浮現惱怒之意，再次推了推白尚熙。

「離我遠一點，夠了。」

「那些有年紀的太太們至少都要榨乾我三次才甘願作罷，看你先前還一副瞧不起人的樣子，不會是才一次就滿足了吧？」

「別笑死人……」

反駁的話才剛脫口就倏然打住。白尚熙親吻著徐翰烈的眼底，不知何時已經恢復精神的性器正抵在穴口。徐翰烈踹著床單企圖逃跑，卻被白尚熙毫不費力地逮住腳踝，把他給拉了回來。他將徐翰烈的手腕往自己的胯下拽，徐翰烈正要甩開手，白尚熙的手掌已經疊上了他的，逼迫他撫慰著那根陽具。

「我不會射在裡面。」

他隨口安撫了一句，下身的性器冷不防地插了進去，來不及消腫的內壁於是遭受到了無情的撞擊。

「……啊！」

徐翰烈禁不住地挺起胸膛發出大叫。白尚熙的嘴吻上徐翰烈唇瓣，下身開始抽插，深深地、緩緩地戳刺著。徐翰烈的手仍握在他生殖器上，確切實在地感受到手中的傢伙被吸進了洞裡再抽拔出來的經過。過程中，徐翰烈一刻未停地爆著粗口。

雖然被白尚熙不停摧殘著嘴巴，徐翰烈始終不肯乖乖張口。只能不斷掃舔著唇瓣內側和整排牙齒的白尚熙，驀地將性器連根拔出，再噗呲地一口氣捅了進去。那種狠狠貫穿的感受逼得徐翰烈發出了低啞的呻吟。白尚熙的舌頭趁著剎那機會伸了進去，順利撬開了徐翰烈的嘴。發燙的兩條舌頭軟綿綿地起著衝突，粗糙的味蕾互相搓揉著，激升了情色的意欲。口中的唾液在反覆翻攪之下愈發黏稠，從徐翰烈的嘴裡過渡到白尚熙的口中又被送回，來來回回地移動。

儘管嘴上忙碌著，白尚熙的下半身並沒有停止抽送的動作。徐翰烈只能大開著雙腿和嘴巴，接受著他執拗的侵犯捅弄。甬道內的凝膠經過連續的摩擦變得泥濘黏稠，開始在洞口積出了一圈白沫，頓時令人分辨不清那究竟是潤滑劑還是白尚熙的精液。白尚熙進出的陰莖讓勾纏的肉體之間不斷響起黏性十足的摩擦水聲。

咬著嘴唇的徐翰烈只能發出悶悶的哼吟。他整個身體被串在白尚熙的性器上，無能為力。縱然是這樣單方面地承受對方的肏幹，自己垂軟的性器卻不可置信地出現了反應。白尚熙伸手握住了徐翰烈下腹漸硬的肉莖，由下而上地擼動，被壓在身下的徐翰烈於是更激動地掙扎了起來。

即使是第二次的插入，緊緻程度還是沒有變化。白尚熙雙膝跪立，將徐翰烈的腰抬高了一些。徐翰烈感覺身體底部一陣冷颼，蹬了好幾下腿。白尚熙的雙臂架著徐翰烈的膝窩，暫停的腰桿重新律動了起來。下面在抽插的同時，上面還不忘吸啜著徐翰烈僵住的舌頭，弄得徐翰烈忍不住發出痛苦的哀鳴。

不知道這是在接吻還是封口堵嘴，白尚熙一直把徐翰烈的舌頭折騰到融化成了一灘爛泥才終於結束這一吻。呼吸好不容易得到通暢，徐翰烈的胸口劇烈地上下起伏。

「……哈啊、哈啊、唔、啊、哈呃！」

他都還沒來得及緩一緩，下面就襲來一陣又刺又麻的痛意。粗硬的陰毛正揉蹭著已經腫脹到快要潰爛的穴口，針扎似地痛得他受不了。見白尚熙就連片刻都不願放過自己，徐翰烈狠狠地揪住他的肩膀。

「呃啊！輕……嗯！哈啊、輕一點、唔！」

唾沫從未合攏的嘴巴裡連綿流出。徐翰烈即使努力睜開了眼，也只是一再重覆著緊閉上的動作。輕微的暈眩讓他的意識一陣飄飄然。再這樣下去，無論是身體或是精神方面，感覺遲早有一處會撐不下去而崩壞。白尚熙的陽具插入又拔出，宛如肥皂泡的白色泡沫沿著屁股溝往徐翰烈腰背處汩汩淌下。

「等、等一……嗚！呃、停下、停……啊啊！嗯！」

白尚熙抬胯緊緊頂了上去，把徐翰烈在肩上亂抓的兩隻手壓制在頭上方。徐翰烈勉強睜眼，與湊在他鼻子前的白尚熙對視。一時之間，他彷彿處於失重的狀態，時間靜止，短短一剎那像是過了很久。噙在眼角的不明液體順著他的面頰滑落，不確定那是汗液抑或淚水。白尚熙不急不徐地低下頭，親吻那一片濕濡。

「現在才剛開始而已，您別這麼快就哭哭啼啼的嘛，代表。」

稀罕地用了敬稱，白尚熙的唇瓣再度吻上徐翰烈臉頰，接著，原本停住的下身伴隨著噗滋的聲響幹進了深處。被他不帶絲毫憐憫地刺激著敏感點，徐翰烈的身子不住顫慄抖動。他無意識地咬緊臼齒，下巴向上勾起，腳指頭受不了地蜷縮了起來，已經發白到不能再更用力的地步。

白尚熙盡情享受了一波高張力的緊緻感，一邊親著徐翰烈的嘴，對著舒服地包覆著自己的後穴一陣狂搗。陰莖整根長長退出之後再一口氣插到根部，反覆大開大合地抽插。

徐翰烈大張的嘴巴連聲喘息，拚命汲取著氧氣。過了半晌，白尚熙按住了徐翰烈單側肩膀固定姿勢，腰臀又下壓了幾分。把人貫穿不夠，還固執地對著內壁裡的那一敏感處戳弄擠壓。可怕的酥麻感鞭笞著徐翰烈的全身，還沒來得及擴散開來就又凝聚成團，在腦中把人攪得暈頭轉向。後頸感覺忽冷忽熱，精神混沌。從頭到尾倍受欺壓的徐翰烈就算一氣之下發火反抗，也只會被白尚熙用硬梆梆的龜頭在自己的敏感處上瘋狂打轉碾磨，連同反抗的意志也一併搗碎磨滅。

眼前一片黃光。嗡嗡作響的兩隻耳朵裡，只聽見不確定是誰的呼吸聲混雜著慘叫般的呻吟，令人頭暈。徐翰烈漸漸地失去了正常的判斷力，理智老早就飛到了九霄雲外。感覺身體變得支離破碎，分崩離析，彷彿正在沒有盡頭的漆黑深海裡一點點、一點點地向下沉淪。

✳

徐翰烈的手指頭動了動。在那之後過了不久，意識逐漸回籠。他好不容易掀開沉重的眼皮，轉動麻痺的眼珠子，試圖回想這裡是哪裡、自己又為什麼會在這裡。腦海裡，不願憶起的那些片段相繼一一浮現。他的頭腦想著他必須從床上起身，彷彿遭到私刑凌遲了一番的身體卻無法即刻付諸實行，渾身痠痛無比。四肢完全使不上力，簡直不像是自己的。再怎麼費盡全力，他除了動動手指頭以外，其他什麼事也辦不到。

他這時才注意到耳中傳來了熟悉的水聲，看來是白尚熙在沖澡。不曉得現在是幾點了。從手機仍舊悄無聲息的這一點推測，應該還不到上班的時間。

他奮力掙扎地起身，忍不住發出了好幾聲痛苦的哀叫。感覺腰部以下的部位前所未有的沉重，可能還需要一些時間才能恢復正常的行動。兩腳試著下床踩地，他的眉頭已經蹙了起來，整個下半身都因為沾染了不明的黏液而滑膩不堪，令人不快。徐翰烈不敢立刻確認後頭的狀態，只用面紙大致擦掉附著在大腿上的東西。

他正要撿起地上的襯衫，只見周圍散落著用過後隨意丟棄的保險套。每一個的儲精囊都裝了滿滿的精液。徐翰烈皺著眉，迅速撈起自己的襯衫，怕沾上了什麼，他撣一撣灰塵後打算穿上，衣襟偶然掃過乳頭的刺痛感令他肩膀忍不住向上一聳。幸好是沒見血，但兩邊乳尖都已不是平常的色澤。一側變成了深粉紅色，另一側甚至被啃咬到有點發紫的程度。徐翰烈一邊避開胸前的兩點，穿上襯衫，釦子才扣到一半，他又嘆了口氣——襯衫上根本沒剩幾顆鈕扣。

徐翰烈把襯衫塞進了垃圾桶裡，走出臥室。他直接進更衣室，隨手拿了一件襯衫，接著把丟在客廳裡的褲子套上後便離開了屋子。玄關大門響起了電子鎖的獨特音效，被人開啟然後關上。

待電子鎖自動鎖上了大門，浴室的門也在這時候打開。白尚熙有些疑惑地朝著玄關的方向望去。

「……？」

遲了一步的他自然是沒有察覺到什麼動靜。然而，應當散落在客廳的衣物卻不見了蹤影。白尚熙用毛巾擦了擦臉上淌下的水，走進了臥室。他先是看到了塞在垃圾桶裡的那件襯衫，接著映入眼簾的是那張被搞得亂七八糟卻空蕩蕩的床。白尚熙終於知道為什麼剛剛玄關會有開關門的聲響了。

也沒沖一下澡就回去了嗎？他看了下手機的時間，已經是凌晨五點多了。自己是在半夜十二點左右到家的，也就是說和徐翰烈已經廝混了五個多小時。要不是徐翰烈做到一半昏睡了過去，白尚熙說不定還會待在床上繼續奮戰下去。他本來沒有打算要如此放縱，昨晚的他就好像被什麼給迷惑了心智，失了神的快感令他難以把持。

就在這時，耳邊忽然響起車庫傳來的出車警示音。白尚熙走到陽台望向窗外，徐翰烈的車正從地下停車場開了上來。他記得徐翰烈最多也不過喝了一兩杯的紅酒，尤其經過昨晚那樣一搞，酒也早就醒得差不多了才對，但現在看起來卻像是一個喝醉酒的人在開車一樣。那輛不受控制的車，一離開公寓就發出不必要的引擎轟鳴聲，隨後消失在白尚熙的視線裡。

不知道徐翰烈是因為不在計畫之中的性行為而感到不爽，還是第一次的同性性行為令他大受衝擊，看他這樣開車頓時有種令人膽顫心驚的感覺。

「……」

白尚熙回到客廳，往嘴裡塞了根菸然後點火吸了一口，嗓子裡頓時一陣嗆辣。他轉頭望向那把傾倒的椅子，以及灑滿了紅酒的桌子，和亂扔在一旁、裡面還混雜著精液的玻璃酒杯。

合約的簽訂通常是為了達成雙方的利益，對於另一方必然具有一定的法律拘束力。至少，白尚熙至今為止簽的所有合約都是如此形式。然而在他履行了徐翰烈所提出的唯一條件之後，他突然感到困惑不解。如果這是一份公平的契約，不論是甲方或是乙方，不都該具有一項不利於己的條款才對嗎？

白尚熙吐出一團灰濛濛的煙霧，乾笑了一聲。

✳

一週後，娛樂新聞傳出了消息，印雅羅正在積極物色她的下一部作品，並且對於某部候選作品特別感興趣。就在這篇報導發佈之後，申宇才導演立刻打了電話來。可以說是這則新聞報導催促申導演做出了決定。

然而，在《引力》製作方的要求之下，先是由製作方對外發佈了趙宇鎮由於海外行程因素，最終謝絕出演的報導，隨後才接踵發出了印雅羅確定接演下一部作品的新聞。此一消息對於一直在等待她歸來的大眾粉絲來說無疑是一大福音。復出作由申宇才導演負責執導的這一點也取得了不錯的反響，大家都很期待兩人能再次展現之前作品中的那種精彩合作。正因如此，不只是印雅羅和申宇才導演，就連還只是暫定名稱的《引力》也登上了即時搜尋關鍵字的排行榜。

過去幾乎不曾做過輿論管理的徐翰烈這次也鬆口同意了積極接受採訪的作法。宣傳公關團隊和印雅羅以及她個人的專職團隊因此變得空前未有的忙碌，當然徐翰烈自己也是。從一大早反覆召開的組長級會議開始，需要他逐一確認內容並批准的文件已經堆積如山。拍攝都還沒開始，就已經有許多地方希望能訂下印雅羅之後的檔期。雖然所有的企業都是如此，但特別是娛樂產業，除了得著眼於近來的票房表現之外，更要放眼未來預先做好準備，所以總是有做不完的工作在等著他們。

上午的會議結束後，徐翰烈正埋首在文件堆之中，門外突然響起敲門聲。他應了一聲，楊秘書開門入內。

「池建梧先生到了。」

「讓他進來。」

徐翰烈一行行掃視著文件一邊指示道。楊秘書恭敬地點頭離去。過了一會，又聽見敲門聲，姜室長和白尚熙一起出現在門口。

「您好。」

姜室長語氣非常生硬地打了聲招呼。這是他第一次和徐翰烈見面。不管年紀是大還是小，對方畢竟是自己的雇主，還曾聽過不少關於他的傳聞，會如此緊張也不是沒有道理。徐翰烈眼睛仍盯著文件，指了一下對面的沙發說了句「坐吧」，姜室長彷彿在報告上級似地答了「是」，然後拍了拍白尚熙，把他帶到沙發那邊去。

他們坐下後，有好一陣子都沒人開口。安靜的辦公室裡，只聽得見紙張翻動的聲音。

「大家都很忙呢。」

受不了如此尷尬的氣氛，姜室長刻意地沒話找話掩飾尷尬。他當然知道公司同事們如此忙碌的原因。然而，徐翰烈很不捧場地轉換了話題。

「那邊那個，是池建梧先生的下一部作品。拿起來看一下吧？」

姜室長極力掩飾著自己的尷尬，環視著周圍的桌子和沙發。《引力》的劇本明明就擺在他的眼前，他卻像是看不見一樣。找了半天，還是沒看到別部作品的劇本，姜室長為難地擠出一個笑容。

「不好意思，您指的是……」

「就是擺在室長面前的那本沒錯。」

「什麼？但是這個……」

姜室長一頭霧水。而白尚熙已經開始稀鬆平常地翻起了劇本。

「竟然會有導演願意和我合作，還真是神奇。」

「不，沒有人想和池建梧先生合作，大家搶著合作的人是印雅羅小姐。」

聽到徐翰烈的糾正，姜室長露出了相當困窘的表情。白尚熙卻只是淡然地啊哈了一聲。

「如你所見，池建梧先生將要拍攝的作品是申宇才導演的《引力》，飾演的角色是主角延秀的兒子俊英，雖然戲分很重，但是這個角色並不需要太過細膩的情感演技，所以不用感到太過負擔。要是連這種程度的演技都表現不了，那也稱不上是個演員了。我親自審閱過劇本，覺得這個角色的某幾個場景都很適合讓池建梧先生來詮釋，差點要以為那些情節是申導演替池建梧先生量身打造的呢。」

徐翰烈看著白尚熙說道。聽他說完，白尚熙這才抬起頭和他對視。不明白他們之間有何過節，姜室長只能一臉費解地輪流望著正進行無聲對決的兩個人。

徐翰烈率先結束了這場無意義的對峙。

「考慮到負面輿論的影響，暫時還不會讓你對外曝光。關於選角方面的消息也會盡可能地延遲公佈，這是跟製作公司達成協議的要點，需要你們多加留意，請不要無意之中洩漏給熟識的記者或相關人員知道。」

「是的，我明白了。」

「聽說您已經結婚，就算是您的太太也不能說溜了嘴。」

「啊，這是當然。」

「池建梧先生也聽清楚了嗎？」

被徐翰烈當著面點名，白尚熙將視線從劇本上移開，看著徐翰烈。徐翰烈將原本前傾的上身向後靠在了椅子上。

「既然說到了這裡，我就再叮嚀一聲，請多注意私生活方面的管理。在此之前，池建梧先生曾和誰交往，或是在哪裡怎樣鬼混的都無所謂，但是既然簽進了我的公司，再有那些不必要的緋聞是很麻煩的。」

「光是對看一眼就可能被捕風捉影寫成緋聞，你這樣是要我不要跟任何人見面的意思？」

「是沒有這種必要，池建梧先生又不是小朋友了，現在的記者雖然很惡霸，但他們並不傻。我的意思只是要你稍微過濾一下對象，別做出降低格調的事情。」

「我還有什麼格調可言嗎？」

見他頻頻頂嘴，姜室長在桌子下面頂了頂白尚熙的膝蓋。但白尚熙沒有半點收斂的跡象。徐翰烈也笑了笑，彷彿不甚在意。

「池建梧先生有沒有我是不知道，但我有。既然池建梧先生現在在我的門戶之下，你要是在外面行為不檢點表現不佳，可是會直接影響到我的名聲。你受到這麼好的待遇，既然不能報恩，那至少不要給我帶來困擾吧？」

「非常抱歉。」

「姜室長不需要道歉，我也不想要這麼的不近人情。只不過呢，不管是還沒成年的小朋友、已婚或名花有主的人，還是年紀大到可以當媽媽的那種……」

「或者是男人。」

白尚熙窮追不捨的回嘴讓姜室長忍不住又偷撞了他一下，表情看起來就在說你幹嘛要一直頂嘴，無聲地用眼神斥責他。

徐翰烈毫無退縮，正面迎上了對方帶著悖逆的眼神。

「……沒錯，或者是男人。希望你小心點，不要被人發現你在搞這種對象。」

徐翰烈一點不害臊地贊同承認。白尚熙也不加掩飾地發出嘲諷的輕笑。平白無故夾在兩人之間的姜室長左右為難，猶豫了一下子後，他猛然地一鞠躬。

「我、要感謝代表！」

「謝什麼？」

「咦？因為看到代表為了我們建梧這般用心良苦，在精神和物質上都給予了協助，坦白說我根本沒想到他可以這麼快就開始工作，更何況這可不是一般普通的作品啊！中宇才導演的電影不是任何人想拍就能拍的。而且竟然還是要跟印雅羅演對手戲……我知道這種機會真的算是千載難逢。」

「所以咧？」

徐翰烈追根究底地問道。姜室長倉皇無措地抓抓耳後。

「我費盡心思難道是為了討姜室長歡心嗎？池建梧先生不僅是你的藝人，現在也是我的演員了。」

「啊、那自是當然，您說的沒錯。」

「我呢，非常討厭聽到別人嫌棄我的東西，根本就是在質疑我的眼光。但是呢……」

徐翰烈直直盯著白尚熙。

「竟然有人說我只因為有一點閒錢，就跑來競爭激烈的娛樂產業裡搗亂攪局、蹚渾水……這都是誰害的？我以後不想再聽到那種話了。」

「我們會做好充分的準備，避免這種情況發生。」

姜室長甚至做出一個握拳的手勢。旁邊的白尚熙則是一副隨便你愛怎樣就怎樣的態度，一邊隨意翻看著劇本，沒有半點反應。徐翰烈從他這樣的行為當中感到一絲的不對勁。

「池建梧先生怎麼這樣看劇本？沒興趣嗎？」

「這只是我個人的習慣。」

「你習慣從後面開始看？」

「我沒那個耐性在那邊慢慢找線索推理劇情，從結局開始看的話，反而更容易理解前因後果或是其中隱藏的心理，也可以避免被麥高芬之類的手法誘導。」

「裝演員裝得還挺像樣的嘛。」

沒想到能從他嘴裡聽到麥高芬這樣的術語，徐翰烈很是意外。是說畢竟他也當了五年的演員，也許是自己太小看他了。

就在這時，有人敲了敲緊閉的門扉。是楊秘書。

「有什麼事嗎？」

「餐點要如何幫您準備呢？」

一看錶，不知不覺已經到了午餐時間。徐翰烈掃了一眼他桌上的文件堆。

「送兩個便當過來，楊秘書你和這位姜室長一起去用餐吧。」

「啊、我也在這裡吃便當就可以了。」

「有一些積壓著的工作我必須現在處理。」

徐翰烈把自願吃便當的姜室長排除在外。白尚熙抬眼瞥了他一下，似乎是在觀察徐翰烈的意圖。徐翰烈卻沒再多說什麼，只是瀏覽著文件上的數字。

「我們走吧。」楊秘書識趣地為姜室長帶路，姜室長只好傻傻跟上，卻還不忘對白尚熙使眼色，要他好好表現。合約都簽下去了，白尚熙不懂他為何還要如此惴惴不安。

那兩人離開之後，門再次關了起來。白尚熙整個人靠在沙發上，目不轉睛地凝視著徐翰烈。

「要現在做？」

雖然這句話省略了主詞，意思並不難理解。徐翰烈的視線仍放在他的辦公桌上，噗哧笑了一聲。

「怎麼可能？你有厲害到讓我公私不分的地步嗎？我們池演員還真是自我意識過剩呢。」

徐翰烈要他恪守自己的本分。

「池建梧先生，既然你是來工作的就好好地繼續做你的事，別去妨礙到別人。」

白尚熙不以為然地注視著徐翰烈好一會才收斂了目光。徐翰烈在那之後仍舊感受到他投來的視線，「不要再看了。」他用命令制止對方。白尚熙微微聳了下肩後專心看起劇本。一時之間，辦公室裡只迴盪著紙張翻頁的聲響。

過了許久才聽見敲門聲。吩咐的便當送來了。就員工人數和營收來說，SSIN 娛樂還只是一家新創公司，然而它在各項設施方面並不亞於其他中堅企業。尤其是員工餐廳的伙食，兼顧了營養和美味，簡直可以與高級飯店自助餐媲美。午餐時間是彈性的，需要的話，可以請餐廳把當天的菜色裝成便當，送到各辦公室或會議室食用。即便公司還在剛起步的草創階段，為了因應最近業務量激增的情況，衍生出了外帶便當的方式。

送來的便當放在白尚熙沙發前的桌子上。徐翰烈在便當送來後又隔一陣子才挪到了白尚熙的對面坐下。

便當裡配置的菜色有鮑魚、鰻魚、烤牛肉，各式煎餅和蔬菜。徐翰烈用湯匙挖了一口蟹膏蒸蛋，一邊看向白尚熙。白尚熙還在專心致志看著劇本。徐翰烈等了又等，忽然搶走他的劇本丟到一旁。

「你是沒看到我在吃飯嗎？」

白尚熙揚起了一側眉尾，彷彿聽到了什麼奇怪的事情似的。徐翰烈不甩他，泰然自若地吃起了自己的便當。突然間變得無事可做的白尚熙於是也打開了他的那一份。雖然已經聽姜室長講過員工餐廳好吃得讓人直流口水，沒想到看起來比預期中的還要美味。

白尚熙還把便當拿起來聞了一下味道才開始享用。他一邊津津有味大口吃著，一邊直勾勾地看著徐翰烈。徐翰烈的視線一直盯著菜色看，不感興致地、機械性地咀嚼著嘴裡的東西，感覺就像在強迫自己吃著不喜歡的食物。

白尚熙把每樣配菜都夾起來嚐了一口，隨口說了句「好吃欸」。可能也不是為了

尋求對方的共鳴，稱讚完，他的視線還是固定在自己的便當裡。徐翰烈嘴巴緩慢地嚼動著，默默注視著白尚熙吃飯的樣子。不管是哪一種小菜，他都不會對半切開，而是直接一口塞進嘴裡。削瘦的臉頰因此鼓脹了起來。他這番吃相，看起來卻不顯得狼吞虎嚥，只覺得十分乾淨俐落。咀嚼食物時那下顎的動作始終帶著一絲從容不迫，優雅而充滿穩定性。偶爾吃到特別合胃口的東西時，白尚熙還會不自覺地揚眉，露出相當誠實的驚豔反應，連徐翰烈都忍不住想懷疑他們吃的究竟是不是同一款便當。

大概是感受到了徐翰烈長時間的凝視，白尚熙忽然對上了他的眼。徐翰烈裝作若無其事地轉移焦點。

「覺得這個作品如何？」

「很好。」

「就這樣？」

「這好像不是我能夠接到的劇本？」

「嗯，確實，就算你沒出過包，這個角色也輪不到你來演。」

「但是順利到手了？」

「因為我勢在必得。」

一旦下定決心要做的事，就算是不擇手段也要達成。以徐翰烈這種從小到大沒有任何缺憾，一路呼風喚雨長大的人來說，這種方式很符合他的作風。白尚熙彷彿不用聽取事情的細節內幕也能明白，應付性地點了點頭。

「很有執行力。」

「你是在諷刺我嗎？」

「你怎麼曲解我的話，我是在稱讚你欸。」

「不想要害我丟臉的話，明天開始來公司練習，演技就之後再說，先把發音咬字練得清晰標準，才能提高台詞的傳達力，就算是在低聲耳語也要讓觀眾聽得清楚你究竟說了什麼才行。講師我已經幫你請好了。」

白尚熙爽快點頭。

「都可以，我沒有意見，但是你為什麼要幫我幫到這個地步？」

「就是說啊，哪裡討人喜歡了，我何必要這樣幫你。」

「你這專門讓新人魚躍龍門的身體，光打一次炮應該不能滿足吧？」

「什麼？」

徐翰烈接著輕哼了一聲。看來是有人幫自己偷取綽號了。的確，那些與他擦身而過的演員和歌手，也都是依靠著背後金主的支持而一飛沖天，會在背後這樣講他閒話也不奇怪。

「這個圈子裡，誰不知道你對女人是閱歷無數。」

「從你嘴裡聽見這種話還真是搞笑。」

徐翰烈回嗆他一句，放下了手中的筷子。

「看來你太習慣從那些太太們身上一點一滴慢慢獲取好處了，你以為我是誰啊？別在那邊一一質疑我給你的資源，你只要心懷感激地接受就好。叫你來你就乖乖地來，要你硬的時候給我硬起來就對了，聽懂了嗎？」

「……」

白尚熙無言地盯著徐翰烈，隨後嗤地笑一聲，搖了搖頭。徐翰烈發現自己每次和白尚熙交談時總是這樣，明明對方沒有直接藐視或取笑自己，卻莫名讓他覺得一肚子火。

「要是申宇才導演之後對你的表現有異議，說他不能用你的話，我可是不會放過你的。」

白尚熙似聽非聽，敷衍地點頭。他的便當也在這時被吃得精光，清潔溜溜。可能是一個便當不夠吃，他毫不忌諱地夾了徐翰烈吃剩的食物放進嘴裡。見到他的舉動，徐翰烈蹙起了眉頭。

「髒死了，幹嘛把我吃剩的……」

「我早餐沒吃，肚子很餓。」

「再叫一個便當來不就好了。」

「親都親過了，吃點你吃剩的東西又不會怎樣。」

白尚熙反而覺得徐翰烈太過大驚小怪，無所謂地繼續朝他的便當動著筷子。徐翰烈一直臭著臉，彷彿在看著什麼詭異的奇景。也是，他這輩子還沒看過有人這樣幫別人處理剩菜剩飯的，在他的世界裡完全不會有這種事發生。難道自己單純就因為這個緣故而感到如此彆扭，甚至有些難為情？雖然白尚熙的吃相乾乾淨淨，但是看到他毫不猶豫地吃著自己筷子碰過的菜餚，那種感覺簡直就像是在被他舔拭著私處。白尚熙一邊盯著臉上表情逐漸微妙的徐翰烈，就這樣吃完了剩餘的所有食物。結束之時，他用大拇指抹了下嘴角，放進嘴裡輕吮。

「我去過醫院了。」

徐翰烈還在呆呆地看著對方有條不紊地收拾著空餐盒，頓時聽見了這個突然的消息。由於白尚熙的宣言來得毫無脈絡可尋，儘管聽得一清二楚，他卻無法立即給予反應。

「我去了一趟你指定的那家醫院。」

「幹嘛突然說這個，沒頭沒腦的。」

「只是覺得應該要報備給你知道一下。」

白尚熙語氣稀鬆平常地回嘴，拿著空餐盒和劇本從座位上站了起來。他沒有招呼一聲，僅是看了徐翰烈一眼便離開了辦公室。

徐翰烈拚命想要忽略的那些記憶又浮現了回來。一個禮拜前，他一時衝動和白尚熙上了床之後，身體狀態一直不佳。當天被不明原因的低燒和全身痠痛不適給折磨了一番，至於臀部內側和胸部微妙的麻木感過了兩天仍舊沒有好轉。

和白尚熙做愛，痛苦和快樂之間的界線模糊不清。當兩人肉體交合時，自己完全處於被獵捕的弱勢。在被對方吃拆入腹的過程中，徐翰烈被迫嚐到了這輩子從未體驗過的屈辱感。當自己不再是征服者的角色，那種撲面而來的茫然焦慮與恐懼讓過去這幾天的他腦子裡一片混亂。也許是因此受到了影響，那天的事情數度重現在夢境裡，醒來後，渾身酥麻麻的，彷彿所有細胞緊緊收縮之後又舒張開來。而那個人他說什麼？去過醫院了？意思是說他準備好隨時可以發生關係？這個過於明顯的暗示，他竟然就這樣不看時間場合，毫無來由地脫口而出。

白尚熙的態度和之前明顯變得不同。徐翰烈還曾擔憂他對自己沒有性致的話，會不會根本舉不起來，如今看來是白擔心一場。他不曉得對方這樣是表示完全把自己當成公事性質的對象，還是他本來對待炮友就都是這樣的態度，不管是哪一種，總覺得都很令人不爽。

兩人現在分明是契約關係中的甲方和乙方，但是，為何無論過去或現在，他都感覺自己就像是一直在玩著一場毫無勝算的遊戲。

「……囂張的傢伙。」

真的是看了就不順眼。自從十九歲的徐翰烈第一次見到白尚熙之後，一股從未消失過的不快感受，現在又慢慢地沿著後頸爬升上來。

✳

「你和徐代表談了些什麼？」

在回程的電梯裡，姜室長好奇地問道。

「沒有特別談什麼。」

「你們一句話都沒聊，就只顧著吃飯？」

「就……簡單聊了一點近況和工作。」

「那為什麼要把我支開？」

姜室長不滿地聚攏了眉頭，隨後些微透漏出他心中的疑慮。

「你說你和徐代表高三的時候同班是吧？然後在那之前，徐代表的父親已經和你母親再婚了。」

「又提這件事做什麼？」

「不管我怎麼想都覺得很神奇啊，你們高中那時候也不熟吧？既然你母親和他父親再婚之後和你們兄妹幾乎斷絕了來往，那你和徐代表的關係應該是滿尷尬的，但是徐代表卻如此公然地支持你……你是不是真的有抓到他什麼把柄啊？」

白尚熙沒有吭聲。他看著面板上的數字逐漸往下，電梯門一開率先走了出去。姜室長忙不迭地跟上，繼續慫恿他回答。

「喂，你對我有什麼好隱瞞的？」

「室長想知道這種事情是要做什麼？」

「我得弄清楚你們兩是哪一種關係才好視情況放低姿態啊，你想走得長遠的話，搞好公司內部政治有多重要你知道嗎？」

白尚熙左耳進右耳出地坐上了車。這是他踏入演藝圈以來第一次配有個人專屬車輛，而且是台保母車。二手的就已經很感恩載德了，這還是台剛牽的新車，除了駕駛座和白尚熙所坐的後座之外，其他地方的膠膜都還沒撕起來。這間公司的起頭本身就走一反常規的路線，就連資源的規模也非比尋常。

對姜室長而言，他根本揣測不到徐翰烈的意圖。就算先暫時擱置兩人與父母之間的關係，按照目前公司提供的資源來推測的話，兩人最起碼也是某種特殊的關係。但是目前為止，姜室長從沒聽白尚熙提過徐翰烈這個人的事。是一直到最近，他才發現當初白尚熙因暴力事件陷入困境，他去求助白尚熙母親時遇到的那個人，正是徐翰烈的秘書，代表那時出手相助的人其實就是徐翰烈。然而，兩人今天互動的樣子又單純像是業務上的合作，別說關係親近了，根本一逮到機會就想攻擊對方。

「你真的不打算告訴我嗎？」

推理半天最終還是沒能找出答案，姜室長朝後座看去，白尚熙對他從頭無視到尾，還翻了一頁手上的劇本。

「喂……」

「我揍了他。」

白尚熙的目光仍是停留在劇本上，所以姜室長還以為是自己有了幻聽。他忍不住叫了一聲「啊？」，像是懷疑自己剛才聽錯。

「我說，我揍了徐代表。」

白尚熙抬頭看著姜室長，兩隻眼睛明亮有神，看起來似乎沒有在開玩笑。其實白尚熙這個人確實過於老實，老實到不懂得說謊。這麼說來，他揍了徐代表的事就是真的了。姜室長不但沒有把思緒梳理清楚，腦海裡反而充滿了更多的疑問。

「不是啊、為什麼？是怎麼搞的？」

「我想說這樣或許就能見到那個女人。」

姜室長聽了白尚熙的補充說明，仍是不太理解他在說什麼。

「到底是什麼意思啊？」

「小時候我大妹還滿黏我的，不知道從什麼時候開始，她覺得和我待在一起很尷尬，我沒睡著之前她不進房間一起睡，也不願意和我一起吃飯，後來，我也跟著變得很不自在，所以漸漸開始不再回家了。」

白尚熙突然吐露的故事是姜室長本來就已經知道的內容。當然，是僅針對事實上的部分。這還是白尚熙第一次對自己坦白當時的心情。

白尚熙不需要一一解釋那些細節，姜室長也能大概猜到當時的情況。白尚熙和他兩個妹妹，就算是客套話也無法硬拗說兄妹們長得很像。年紀還小的時候不覺得怎樣，等到了處處在意別人眼光的青春期時就產生問題了。一個和自己長得一點都不像的哥哥，等於是證明了關於母親的那些謠言全都屬實。對於害怕被別人關注的孩子來說，怎麼可能會想要有一個外表出眾的兄長。當同年紀的朋友表現出他們膚淺的關心，神經大條地問著妳和妳哥哥怎麼長得不像時，確實是會造成敏感心靈的傷害。

在這種情況下，人類為了自我保護，通常會選擇責怪他人或是遠離壓力的來源。白言熙似乎選擇了後者。她是個聰明的孩子，所以也知道白尚熙的存在所造成的傷害並不是他的過錯。正因為她其實明白哥哥也是受害者，與理性的相悖反而會使她感到更加痛苦也說不定。

「但兩個年幼的小女生相依為命，經常發生一些危險的事，我覺得還是要有一個監護人才行。可是那個女人應該是故意躲起來的，不管我們怎麼找都找不到她。」

姜室長對於白尚熙的過去幾乎可以說是瞭若指掌。從小在單親家庭過著不安定的生活，早早就出社會賺錢，因此高中都沒能畢業。三兄妹的父親都是不同人，和再婚的母親就像是斷絕了關係似地各過各的。他出道前做過牛郎的工作，孫代表是他那時認識的客人，白尚熙在她的幫助之下進入了演藝圈。這一切背景姜室長都知情。如果要說，在白尚熙的所有相關情報當中，「徐翰烈」就是那唯一的一欄空白，也一點都不為過。

「然後我就遇到他了。」

白尚熙斷斷續續地述說著過去的故事。姜室長聽得很清楚仔細，卻尚未找到他和徐翰烈的交集點。

「我上完一個大夜班之後去到學校，在走廊忽然聽見有人在叫我。」

安靜聽著故事的姜室長忍不住急忙發問「是徐代表嗎」，然而沒有聽見回答。白尚熙此時正望向了窗外。

『……尚、熙？你就是白尚熙？』

低垂的眼簾之下，白尚熙的瞳孔顯得有些出神，乍看似乎是在回憶著過往。他就這樣陷入了某種思緒，過了很久才再度開口。

「那是我第一次見到他，我的眼中除了他的臉之外什麼都沒看見。」

姜室長莫名嗆了一下。徐翰烈假如是個女人的話，他這口吻可是足以讓人誤會遐想。然而神奇的是，姜室長似乎可以接受白尚熙這個講法。他在腦海中暫時回想了一下徐翰烈的長相，的確是不難感到理解。

「但是你卻揍了人家？」

白尚熙一副沒什麼大不了地聳肩。

「因為他立刻就跟我提那個女人的事，霎那間我的眼裡就看不到他那張臉了。」

想也知道兩人肯定沒有進行什麼良好的對話。然而白尚熙也不可能只因為對方侮辱了自己的母親就立刻揮拳相向，姜室長知道白尚熙對自己的親生母親沒有什麼感情。他試圖在腦中拼湊白尚熙透露的各個線索。白尚熙提到他當時正在尋找那個音訊全無、進了徐家的母親……很明顯的，這就是他動手的理由。

「欸，就因為這樣，不分青紅皂白地把人給……不是普通的瘋子耶你？」

「你是認識他多久，這樣偏袒他？」

「一見面就揮拳頭的會是正常人嗎？」

「有什麼關係，我後來有讓他加倍打回來。」

「哇，你這個瘋子神經病。」

姜室長不客氣地吐了吐舌頭，不知道在嘀咕什麼自言自語了老半天，突然又像是想到什麼不妙的事，暗示性地問道：

「你把他揍成怎樣了？」

「時間太久遠記不太清楚……好像哪裡脫臼了的樣子？」

白尚熙的語氣稀鬆平常，彷彿只是在說「輕微破皮的程度」。姜室長搖搖頭，大力地咂著舌。

不過在知道了真相之後，姜室長感覺更加迷惑不解了。這種程度的話，豈止是關係不佳而已，應該算是交惡的孽緣了。就像白尚熙所說的，在那之後光給他還手打回來幾下，就能一筆勾銷掉之前結下的所有樑子嗎？如今甚至出手幫助負債累累的白尚熙，還給他全力的支援？這是身為一介凡夫俗子的姜室長完全無法理解的行為。

「欸，難道徐代表……」

在這般情況下，較具現實性的推論就只有一種了。

「他是不是想要報復你啊？這次打算把你捧到更高的位子後，再讓你摔得粉身碎骨，永無翻身之日？」

別人非常認真地在發問，白尚熙聽了卻輕輕咧嘴一笑。

「如果這也算是報復的話，那我還真得心懷感激才行。」

「話是這麼說沒錯，我的意思是我們壓根就不知道徐代表內心究竟打著什麼主意，把一個和自己有仇的溺水之人從水裡打撈起來、餵他吃飯、還讓他穿上漂亮的衣服，若不是什麼菩薩心腸，這說起來實在是不合理啊。」

關於徐翰烈是不是那種聖人君子，姜室長映在後照鏡裡的眼睛正在徵詢著白尚熙的意見。白尚熙並不知道徐翰烈對自己這麼照顧是否有什麼蓄謀打算，這確實是不可否認的事實。但他對這個一點都不好奇。白尚熙現在所要做的，就是給對方他想要的，然後接受自己需要的東西，如此而已。

05

Sugar-coat

SUGAR BLUES

白尚熙的第一個行程是兩個禮拜後的劇本圍讀，圍讀過後再四天馬上就要進入拍攝，時間上安排得相當緊迫。由於選角問題導致開機時間的延誤，時程方面已經不能再繼續拖延下去。申導演自己也是忙到抽不出時間，於是雙方說好等劇本圍讀那天碰面了再打招呼。公司和製作公司兩方都沒有向白尚熙提出任何特別的要求，不，應該說是對他沒有任何的期待。

即便如此，白尚熙還是養成了每天早起運動健身三四個小時的習慣。長期的拍攝，唯一倚靠的就是體力，尤其在大量動作戲或戶外拍攝時更顯體能的重要。也許是碰巧知道了這件事，上面下了個指令，要白尚熙到公司內部的健身房鍛鍊。公司的用意是說，既然要做的話，讓專業的來訓練管理會更好。

白尚熙順從地接受了安排，每天早上七點左右，還沒有半個人來上班的時間，他就已經抵達了公司。公司特別為他聘請了一名專業健身教練，白尚熙會接受教練兩個小時的一對一訓練課程，結束後簡單沖個澡，便到員工餐廳吃早餐，時間大約是來到上午十點前後。時間銜接得剛好，矯正發音的講師已經在小會議室裡等著他了。主播出身的講師有多年的戲劇表演經驗，對於人文社會和純文學領域也多有涉獵，頗具見識。不僅是單純地矯正發音，還能向他學習到不同情境時的語調差異。

剩餘的時間，白尚熙會在設有鏡子與攝影相機的練習室裡出聲背誦台詞，隨後獨自檢視錄製下來的影片，找出較為生硬不自然的部分，待下次上課時再與講師做分享檢討。偶爾白尚熙會感覺到有人接近，回頭一看，通常是楊秘書一言不發，默默地來了又走。每次見到他，白尚熙也只是禮貌性點一下頭而已，並不會和他搭話。

有趣的是，每當楊秘書來過一趟，練習室就會發生某些變化。一開始是練習室的一側多了一台備有飲料的冰箱，後來有次是天花板上閃爍的燈被修好了，還有一次是搖晃出聲的椅子也遭到更換。最近則是又換了一台全新的相機，椅子上擺放著說明書和可以即時操作的遙控器。這段期間，白尚熙一次都沒見到徐翰烈，也沒有收到他的任何召喚。

吃完午飯回家，白尚熙會在下午的時段觀看申導演以前的作品。雖然每部作品的內容和登場人物不盡相同，貫穿作品的核心主旨卻極為相似。他也仔細地觀察了被稱為申導演繆思的印雅羅演技。除了比較明顯的喜怒哀樂之外，當她害羞、尷尬、無聊或在思索著什麼的時候，她所呈現出來的語調、表情和肢體動作的轉變，白尚熙都一再地觀察鑽研。他因此發現了印雅羅的一個習慣：每當她對什麼事情感到不滿時，都會有個囁咬嘴唇內側的小動作。

在看完申導演的所有作品之後，白尚熙繼續瀏覽一些類似於《引力》或是和「俊英」角色相似的電影。偶爾也會喃喃自語地模仿著片中人物的台詞。不過在這些作品當中，他始終找不到一個和「俊英」完全相同的角色。

「俊英」這個角色是白尚熙從未詮釋過的類型。他冷酷無情，犯罪時不帶一絲罪惡感，但在平時卻很容易博得他人的好感。就連本應指控他罪行的檢察官，也對他產生一種莫名的親切感和同情心。他從結局開始一路逆向追溯著「俊英」的足跡直到了第一幕，只覺得這個人看起來並沒有那麼壞。即便他是一個濫殺無辜的殺人犯，也必須讓人感受到他具有人情味的一面，這不是一個能夠輕鬆駕馭的角色。

而且，白尚熙有著兩年的空窗期，在那之前的演技也不是非常出色。他從來沒有對自己這項職業抱有熱情，也沒有那種想要獲得認可的渴望。對他來說，演戲只不過是一個賺錢的方式，只是在自己能力所及的範圍內完成別人交付的任務。這次的工作也差不多如此，並沒有什麼太大的差異。不過，與以往不同的是，在欠下一大筆債之後，分內應該完成的工作也變得困難了許多。

白尚熙一時之間陷入某種思緒當中，背後傳來了簡潔的敲門聲。刻意製造出的動靜讓白尚熙有些訝異地回過頭，只見印雅羅不知何時站在了敞開的門口。白尚熙從位子上起身，對她點頭致意。

「聽說你很認真在練習，想說過來看一眼，剛剛是在打瞌睡嗎？有人進來都不知道。」

「不是，正好在想別的事情。」

白尚熙給出的回答有些過於誠實。印雅羅是個足以擁有藝人中的藝人這般稱號的知名演員，就連白尚熙也是第一次親眼見到她本人。儘管如此，在他臉上找不出一絲緊張或興奮的神色。

印雅羅當著白尚熙的面，對他逐一打量了一番。「體格不錯嘛」，發出評語的她過了好一會才終於對上白尚熙的目光。

「還沒吃午餐吧？」

「對。」

「不管怎麼說，既然有緣成為同門，一起去吃個午飯？」

她發出了強迫性的邀請後便直接轉身，練習也剛好結束的白尚熙於是安靜地跟在她身後。兩位演員突然一起出現在員工餐廳，一下子吸引了所有用餐職員的注意力。印雅羅毫不在意地拿了餐盤，大大方方地和四目交接的人主動打招呼。儘管幾名職員好意地要讓她優先插隊，她也只是笑笑地拒絕，不介意排著長長的隊伍。拿著餐盤接菜時，她還用柔和的語氣對餐廳職員說「請多給我一點」。

白尚熙也如同往常般地接下了他的那一份餐點。率先坐下吃飯的印雅羅用眼神指了指她對面的座位。兩人相對而坐，不約而同地將盤中食物一掃而光。甚至連哪個東西好吃、哪個太鹹了這種一般對話都沒有。印雅羅將她盛來的食物吃得一點不剩，餐盤的乾淨程度不輸給白尚熙。吃完還忍不住在嘴裡嘀咕著要不要再吃一點。她撇了一眼配餐檯，隨即將目光轉向了白尚熙。

「這些你都要吃嗎？」

「這個我還沒碰過，您要嗎？」

白尚熙將原封不動的菜餚遞了過去，印雅羅也沒拒絕，直接夾走了糖醋牛肉。把滿滿一盤食物全數消滅之後，她還夾走一口白泡菜去除口中的油膩。這時候，白尚熙也差不多吃完飯了。

印雅羅向後靠在椅背上，雙臂交叉抱在胸前，始終冷淡淡的臉龐莫名嚴肅了起來。

「老實說，我不喜歡你。」

她直言不諱地表達了對於白尚熙的想法。儘管當面聽見這種話，白尚熙看起來還是一臉的淡定。

「總覺得我被人利用了。」

印雅羅補充說明她的不滿之處。白尚熙笑了一下，無可辯駁。

「是你要求徐代表把你安插在申導演的作品裡？」

「沒有。」

「要不然、難不成你是徐代表的救命恩人？」

反覆的審問之中，白尚熙加深了臉上的笑容。印雅羅用湯匙指著他，說了句「不要笑」，然而此舉只是加重了白尚熙的笑意，沒有什麼作用。

「既然都決定好的事情，我沒有要搞破壞的意思，但有件事我想當面跟你說清楚。我會先觀察你的表現，如果真的覺得不行，到時我可是會罷工不幹的。我最討厭那種沒有半點能耐卻想搭便車的傢伙，走後門進來，但卻能拿出真本事證明自己的人，至少還沒那麼討人厭。」

儘管對方等於是在批評自己，白尚熙仍微笑答著「是的」。出乎意料的反應讓印雅羅直接皺起了眉頭。

「你一直笑是在笑什麼？是打算就這樣糊弄我嗎？」

「不是，我會好好表現的，前輩。」

溫和的語氣中摻入些許笑意，卻不像是在開玩笑。白尚熙本人的反應和印雅羅想像之中的感覺大相逕庭。印雅羅所瞭解的池建梧，是個亮眼的代表作都拿不出來、因暴力醜聞而自毀形象的演員。她以前從來沒有見過這個人，再加上，不管她向誰打聽，得到的回覆都是「因為打人所以去當兵的那一個？」

實際見到他之後，發現這個人沒有什麼多餘的奉承迎合，眼神中看不出一絲卑微懦弱，更別說是對他人的敵意。他就像是沒有任何戒備，相處時給人一種放鬆的感覺。儘管受到直接的批評也沒有板起臉來，反而笑笑地承諾自己會更努力，讓印雅羅有種他並沒有做錯什麼事，自己不該對他亂發脾氣的想法。

印雅羅看了下錶之後立即起身，卻沒有馬上離開，似乎是還有話要說。白尚熙沒有跟著站起來，只是默默抬起頭望著她。

「在劇本圍讀之前，午餐過後的兩點開始到四點鐘。」

她突然丟出一句莫名其妙的話來。見白尚熙露出了疑惑的表情，她才附上解釋。

「我開拍的時間比你晚，所以這段時間多少有些空檔可以幫你指導演技。等我開拍之後我就自顧不暇了，更別說要幫你。就算我願意幫你好了，也沒辦法去阻擋外面的流言蜚語。想要打破謠言的話，當然是從內部開始著手進行比較好。就讓我們來看看徐代表是否真的慧眼識人，還是他只是我行我素而已。」

「謝謝您。」

「當然要好好謝我，我再說一遍，你要是沒有達到我的標準，我可是會直接把你踢出去的喔，表現好一點行嗎？」

嚴厲地告誡完，印雅羅馬上轉身離開了餐廳。她都還沒離開白尚熙的視線，忽地有人佔據了對面的位置。原來是姜室長。

姜室長最近一到公司就先上起進修培訓的課程，然後回到管理團隊處理一下工作，等午餐時間再到員工餐廳和白尚熙碰面，一起吃完飯後，他會把白尚熙載回家，這就是他每天的工作。今天也是因此而碰巧目睹了白尚熙和印雅羅在一起的畫面。

「喂，這是怎麼回事？」

「室長你飯吃了嗎？」

「現在吃飯哪是重點啊，你怎麼會跟她在一起？你們兩個不是不認識的嗎？」

「不認識就不能一起吃頓飯？……你不吃飯沒關係嗎？」

「你這小子幹嘛一直提吃飯的事啦，雅羅小姐跟你說了什麼？」

「不吃的話就走吧。」

白尚熙忽然就站了起來。姜室長跟著起身，一把搶走了餐盤收拾好迅速回來。兩隻眼睛片刻都不曾從白尚熙身上移開，正不停閃爍著好奇的光芒。

「我的臉快要被你看出洞來了。」

「她是不是說了什麼不好聽的話？我在旁邊看你們氣氛還不錯的說？」

「沒有，她說劇本圍讀之前會幫我看一下我的演技表現。」

「哈？雅羅小姐要幫你？為什麼？」

白尚熙自己也不明白地聳了聳肩，走到電梯前按下按鈕。

「雖然不知道到底是怎麼回事，不過實在太好了，我還在暗自擔心如果雅羅小姐嫌棄你的話該怎麼辦呢。」

「她說了她不喜歡我。」

「嗯？」

「她說會觀察我的表現，如果不合格的話會直接把我剔除……」

「什麼？」

姜室長腦中的疑問逐漸擴大。白尚熙不管他，電梯一到他便走了進去。姜室長在一旁吵著要他仔細說清楚。

「我都說完了，她說會幫我看演技，但要是我表現不好的話，她不會善罷甘休的。」

白尚熙不情不願地重複了一遍剛才說過的話。

「觀察你的表現？怎麼感覺這句話聽起來比不想和你一起工作還要可怕？」

姜室長臉上表情變得十分嚴肅，一邊提醒白尚熙他們要去地下二樓。白尚熙並不是不知道保母車停在哪裡，也不是一時找不到最下方的樓層按鈕，但是他的手指卻在最上方的五樓附近游移了一下。儘管只是剎那間的動作，卻沒有逃過姜室長的眼睛。姜室長露出一絲疑惑：

「怎麼啦？要去見一下徐代表再走嗎？」

「不用。」

白尚熙宛如被戳中了心事，立刻按下地下二樓的按鈕。電梯於是開始下降。

✳

白尚熙與申宇才導演如期在劇本圍讀的現場進行第一次的會面，然而因為申宇才導演是最後壓軸才出現，沒有時間和白尚熙單獨打招呼。劇本圍讀是在開拍前所有演員齊聚一堂的少數幾個場合之一。在開始進行前，按照慣例，每個人要做個簡單的自我介紹，發表一下對於參與這部作品的想法。然而，申導演一就坐，馬上翻開了劇本，「彼此問候什麼的，那些之後再慢慢認識就可以了，現在我們直接開始吧。」

在圍讀的過程當中，申導演幾乎也沒做出什麼評論。只有幾次真的不滿意時會問「你打算這樣演嗎」、「對於這個人物，這樣的詮釋對嗎」，詢問完後自己也陷入沉思。然後包含印雅羅在內，那些資歷深厚的演員們會積極地闡述他們的想法，說明為何會如此表現詮釋。至於其他人的做法是率先自我檢討，答應說會再重新思考一下，盡量地迎合申導演的想法。

白尚熙則是不屬於這兩種類型當中的任何一種，因為申導演根本沒有給他任何指點。白尚熙的台詞就跟劇本上的表演提示一樣，被申導演毫無反應地略過，也沒有露出什麼滿意的神情。因此，每當輪到白尚熙朗讀台詞的時候，練習室裡便盤旋著一股尷尬的氣流。

完全摒除情感的演技，還有展現異樣親近感的演技，甚至是情感大爆發的演技，申導演都沒有給予回應，只是冷淡地開口說「下一個」，每次都跳過了他。

「我這樣子演可以嗎？」

白尚熙突然間發出了疑問。那些和他處在微妙的對立面，只會眼神瞟來瞟去的人們一下子全都朝他看了過來。申導演也難得抬起眼，對上白尚熙的視線。白尚熙並沒有打算反抗或是挑釁。但是那股尷尬的氣流依舊，沒有什麼太大的轉變。

申導演一副無所謂的態度，聳聳肩膀。

「因為我不清楚池建梧先生演技光譜的範圍是從哪裡到哪裡，你就儘量展現你所能展現的東西吧。有人曾說，這個角色找不到比池建梧先生更合適的人選了，我也是很想知道是否真如他所說的那樣。」

申導演明顯是在挖苦白尚熙，也間接表明了自己對於白尚熙的選角並不贊同。他隔著掛在鼻頭上的眼鏡直視著白尚熙，隨後再次說道：

「下一個。」

下一個輪到的演員連忙慌慌張張地讀起了台詞。整個場面已變得尷尬不堪，難以收拾平復。

劇本圍讀一結束，中導演馬上從位子上起身離去。印雅羅在白尚熙背上輕拍了一下，也離開了練習室。對於那些質疑他就是走後門的尖銳視線，白尚熙已然習以為常，不會令他感到特別不快。畢竟他們對自己先入為主的偏見在很大程度上並不是誤解，而是事實。如果要說這次和以前有什麼不同，這次得到的角色確實高出了自身的「等級」，也許正因為如此，他人的排斥感更是不加掩飾。白尚熙事前早已有了一些心理準備。唯一的問題是這些不必要的情緒消耗免不了會造成身心上的疲勞感。

白尚熙出了練習室，上了等候中的保母車。姜室長問他怎麼樣，他也只是笑笑不說話。「是不是被罵得很慘？」姜室長追問著，不停瞄向後座，白尚熙仍是沒有任何回應。姜室長低聲嘆息，發動了引擎。

「直接回家對吧？」

「……」

「建梧啊？」

「載我去公司。」

「去公司幹嘛？難道你還想去運動再回家？小子，你不累嗎？」

姜室長又跟他確認了好幾次，但白尚熙不發一語地閉上了眼睛。姜室長感覺再繼續問下去好像也問不出個所以然。

「好吧，那就去吧。」

他又嘆了口氣，將車子開了出去。

保母車開得很快，十五分鐘就抵達公司。姜室長正要直接開下地下停車場，白尚熙忽然喊了一聲「等等」。

「室長您先回去吧。」

「啊？那你怎麼回家？」

「我又不是什麼小孩子，當然會自己看著辦。」

「你是打算要幹什麼啊？」

「我要去見一下徐代表。」

「徐代表？你該不會在打什麼奇怪的主意吧？」

姜室長隱約有所警覺。白尚熙無言地笑了出來。

「哪種奇怪的主意？」

「覺得不爽所以不想幹了、或者想要對導演施壓之類的啊。」

「我是會這樣耍任性的人嗎？」

「……沒有啦，我不是這個意思。」

「就算我這樣要求了，你覺得徐代表會願意聽我的嗎？」

姜室長無話可說地閉上了嘴。為了讓他放心，白尚熙盡量安撫道：

「雖然我的信用度已經完全跌至谷底，但我不會再做什麼會讓室長你擔心的事了。」

「這我當然是相信你的啦，只不過……」

「那你就放心地先回去吧。」

「……那個、有什麼事的話打給我。」

「好。」

拋下了無法釋懷的姜室長，白尚熙大步流星地走進辦公樓。他進了電梯，隨即按下最頂層的按鈕。電梯關上門後，一路暢行無阻地直達五樓。想要去代表辦公室，必須先經過中間的秘書室。白尚熙在緊閉的門上敲了敲，立刻聽見「請進」的應門聲。他開門走了進去，正往門口瞧的常駐性秘書認出是白尚熙，從座位上起身向他點頭。白尚熙也點頭回禮，隨後往楊秘書的座位看過去。楊秘書不在位子上，那或許是見不到人了，白尚熙提前打算放棄。

「您有什麼事嗎？」

「我是來找代表的，他不在嗎？」

「啊、是的，代表暫時離開了。」

常駐秘書的回答有些語帶保留。如果徐翰烈是外出，他大可直接回答說「外出了」，這樣的表達應該會更加合宜，沒有必要硬是加上「暫時」的時間限制用語。這表示徐翰烈很有可能人還在公司裡。

會是在開會嗎？但楊秘書人不在位子上的這一點有些令人在意。如果是業務性質的會議，楊秘書沒有必要還跟著他一起去。去洗手間的話也是一樣的道理。他也不像是會抽菸的人。正在進行推理的白尚熙再次確認問道：

「知道他什麼時候回來嗎？」

「不曉得耶，回來的時間通常不太固定，所以我也不是很清楚……」

「那就沒辦法了。」

「我可以請他晚點與您聯絡，需要幫您留個言嗎？」

「不用，沒關係，那我先走了。」

白尚熙像進來時一樣，簡單點個頭就離開了秘書室。其實就算見到了徐翰烈，他也沒有什麼特別的事情要講，只不過已經有兩個禮拜沒有見到他了。儘管白尚熙準備拍戲的這段期間，每天都在公司出沒，兩人卻連個偶遇的機會都沒有。再過幾天，白尚熙馬上就要到外地進行拍攝，預計會在那邊待上十幾天。要是在那之前徐翰烈沒有找他的話，他們大概就有一整個月的時間都沒見到對方。一口氣替自己還清了鉅額債務，要求以性愛作為交易的那種態度，居然禁慾到了連魚躍龍門的稱號都要黯然失色的程度？假如不是忙到連產生性慾的時間都沒有，那麼或許是在他們第一次發生關係之後，徐翰烈的心境或想法有了什麼改變也不一定。

「……」

回到電梯裡，白尚熙默默呆站了很久。他的目光停留之處不是一樓的按鈕，而是地下一樓。忘了是什麼時候，在聽人家介紹公司內部設施時，好像有說過地下一樓有個游泳池。他並不是很確定，但還是按了地下一樓的按鍵。一想到游泳池，他就浮現一種模糊的確信感，覺得自己可以在那裡見到徐翰烈。

電梯平穩地下降著，很快就到了地下一樓。白尚熙照著牆上的指示牌朝泳池走去。空氣中能逐漸感受到瀰漫的濕氣。嘩啦啦的划水聲也在此時傳到了耳邊。

正如白尚熙所預料的，徐翰烈果然在這裡。看到他漂浮在水面上的身影，久遠的記憶自然而然地甦醒。一個裝了很多水的巨大水池，水面如實地透出了水池底部暗色調的磁磚顏色，還有水面上那個特別顯眼的瑩白身軀。白尚熙就像曾經的某一次那樣，出神地看著徐翰烈。在裡面等候的楊秘書率先發現了白尚熙。他瞬間露出了驚訝的表情，很快地立刻開門走了出來。

「池建梧先生，您來這裡是……」

「我想和代表見個面。」

白尚熙一邊回答，視線仍固定在水面上。隨後他便開口要求楊秘書「能請你暫時離開一下嗎」，說完，他毫不猶豫地就要伸手打開玻璃門。楊秘書即時將他攔阻。

「代表在游泳的時候不喜歡有人打擾。」

「只要一下下就好。你不願意離開的話就待在這裡也沒關係。」

楊秘書不得已之下只好讓他進去。

徐翰烈沒過多久就發現了白尚熙的存在。他正在泳池的一側短暫休息，突如其來的動靜讓他抬起了頭。在發現來人是白尚熙之後，他一時有些猶豫，但視線隨即看向了白尚熙身後，輕輕點了下頭，大概是讓楊秘書退下的意思。徐翰烈的目光很快地回到了白尚熙身上。

白尚熙慢慢地彎下腰，拾起了浴巾朝徐翰烈走近。徐翰烈的腳蹬了一下底部，從泳池裡上岸。附著在他濕漉的頭髮和身體的大量水珠子發出了清脆的聲響，墜落在地。徐翰烈將凌亂的頭髮一把順到腦後，站直了身子。此時白尚熙已經走到他面前來，攤開浴巾，替他圍在了肩膀上。徐翰烈訝異地看著他的這番舉動，然後再次和他對上了視線。白皙的臉龐上飽含水分，更顯清俊透亮。

「今天不是劇本圍讀的日子嗎？」

「沒錯。」

「那你怎麼會在這裡？結束後通常不是都有聚餐嗎？」

徐翰烈嘟囔著的嘴唇上沒有太多的血色。濡濕的睫毛上綴著的水珠清晰可見。也許是下了水的緣故，眼眶相當溼潤，帶著一抹嫣紅。

等了半天都沒有回應，徐翰烈「喂」了一聲，喚回白尚熙的注意力。就在這時，掛在他耳垂上的一顆水珠子滴了下來，白尚熙彷彿當它是某種信號，頓時朝著徐翰烈伸出手。或許是勾起了徐翰烈很久以前的回憶，他畏縮了一下，下意識地後退。不自覺地閃躲後，他似乎比白尚熙更訝異於自己的反應，露出了無法掩飾的驚慌。白尚熙定定地看著他，小心翼翼地撫上他的面頰。徐翰烈的皮膚上立刻泛起一層微小的雞皮疙瘩。白尚熙用拇指輕拂那泛紅的眼角，嘴唇毫不遲疑地覆上了徐翰烈的唇瓣。

徐翰烈來不及發出的疑問詞被白尚熙吃進了嘴裡，他略抬起徐翰烈的下巴，悄悄地啄吮著那溼潤的唇瓣，自然地發出了輕微的啄吻聲。縈繞在舌尖那股淡淡的消毒水味在白尚熙鑽進徐翰烈的口中後迅速消失，白尚熙不斷將他的上唇和帶著甜味的唾液溫柔地吸進自己的嘴裡。

單方面承受親吻的徐翰烈微微側了頭，開始認真地回應。白尚熙的手摩挲著徐翰烈赤裸的腰身，更加放肆地與他唇舌交纏。他探進深處的舌用力地摩擦著徐翰烈的上顎，那種搔癢的感受令徐翰烈的身體輕微晃動了起來。白尚熙不停地用舌頭和徐翰烈的相互搓揉，一邊繞圈打轉。他的兩隻手同時撫摸著徐翰烈纖細的腰側，向上來到了胸口，大拇指才剛輕輕按下兩側乳頭，手腕就被徐翰烈扣住。

「接吻就接吻，你幹嘛老是去碰那裡？」

「習慣性動作。」

白尚熙一點都不在意地又要吻上徐翰烈的嘴，卻被徐翰烈閃躲開來。他於是伸長了舌頭，去舔弄徐翰烈噙著水滴的耳垂。舌尖來回挑撥著軟嫩嫩的耳垂肉，然後再劃上耳廓。他逐一勾勒著內部的蜿蜒，忽然就鑽進了耳道之中。徐翰烈發出了低低的呻吟，只好又把頭轉了回來。

白尚熙剎那又纏上了他的唇，淺淺地吮吻著徐翰烈來不及逃走的舌頭，同時揉著他小巧的乳首。徐翰烈只能撐著白尚熙的臂膀不住地顫抖。白尚熙輕巧地挪移著手掌，托住了徐翰烈總想脫逃的腰背，完全地堵住了他的退路。

蠻橫竄入的舌在溫熱的口腔中恣意翻攪，徐翰烈若是推拒，白尚熙便纏住他整條舌頭，用力吸吮到舌根都發疼的地步。徐翰烈的呼吸急促了起來，明顯地不再那麼抗拒那雙縱情揉捏乳頭和臀部的手掌。

然而就在白尚熙的指頭探至臀縫的那一刻，徐翰烈使勁地推開他，終於分開的唇瓣又紅又腫。漲紅的整圈眼眶比起剛才更為水亮。持續受到欺凌的那一顆乳頭相較於另一邊也更為突出，產生了視覺上的強烈刺激。白尚熙像是在品嚐著徐翰烈的味道，緩緩地舔了舔下唇，試圖再次向他靠近。徐翰烈抬手攔住了他。

「我要去沖澡了。」

他推開白尚熙的肩膀，朝淋浴間走去，但是沒走幾步就停了下來。本來打算順著他的意停手的白尚熙正輕輕抓住了徐翰烈的手掌。

「……」

「……」

兩道視線一時交錯糾結。白尚熙把徐翰烈的手拉至嘴邊，在他手背上緩慢地親吻了起來。這樣還不夠，他用舌頭搔癢般地舔拭著中指和無名指，凸起的關節處也輕咬了一口才鬆開。徐翰烈禁不住皺起了臉蛋。

「幹嘛？」

「什麼幹嘛？」

「你今天幹嘛這麼纏人？」

「我遇到的每個人似乎都在跟我說，徐代表為了把我安插進那部電影，簡直是煞費苦心。」

「所以咧？你現在突然覺得感激涕零？」

「我是突然覺得很好奇，不過打了一次炮就給我這麼多恩惠，如果我做到讓你爽得哭出來，不知道你會如何賞賜我？」

徐翰烈爆出了一聲冷笑。他倏地甩開被抓住的手，咧起嘴譏諷道：

「你夠討人喜歡的話，我有什麼不能給你的？」

說完才剛轉身，背後傳來一道聲音：

「我馬上就要去外地拍攝了。」

徐翰烈歪著脖子回頭看他：

「然後呢？」

「沒想到你這麼清心寡慾，這樣下去合約到期前能夠回本嗎？」

「別的東西我是不曉得，我只知道身價這種東西通常是由買方決定的。你在圈子裡混了這麼久，應該也曉得的不是嗎？」

徐翰烈用不屑一顧的口吻奚落對方。當然，白尚熙絲毫不受打擊，他反倒邪佞勾

唇，挑著徐翰烈的語病。

「原來打一次炮就足夠折抵全額了？你不是第一次嗎？有那麼爽？」

「沒有，不怎麼爽，連本錢都沒有撈回來。」

徐翰烈冷冷淡淡地回應完便留下白尚熙一個人，自行消失在淋浴室裡。白尚熙宛如中了一槍似地傻愣在原地，半晌後才啞然失笑。

✳

幾天後，白尚熙接到楊秘書的通知，訊息內容是一家實彈靶場的地址。白尚熙到了那裡，東張西望了好一陣子，猜不出來徐翰烈約在這種地方是打算做什麼。

他一進門，穿著整齊制服的員工隨即對他說了一句「歡迎光臨」。裡面的整體設施比想像中還要來得豪華舒適，隔音設備應該很好，感覺沒有太多噪音。接待處的周圍滿是知名人士和國家射擊代表隊選手的簽名。白尚熙還在環顧著這個陌生的環境，只見楊秘書走了出來。兩人一打照面，白尚熙先向他點了下頭。

「代表正在裡面等您，請往這邊。」

楊秘書走在前方帶路，領著白尚熙到了配戴防護裝備的地方。他讓白尚熙帶上耳罩後，便帶他前往射擊場。走沒幾步，一股濃烈的火藥味撲面而來。徐翰烈正站在厚厚的防彈玻璃後面，他的專業指導教練正交叉雙臂，默默在一旁注視。

白尚熙和楊秘書並列而站，一起觀看徐翰烈射擊。他毫不猶豫地朝著前方十公尺處的標靶扣下了扳機。砰、砰，流暢的槍聲接連響起。他所挑選的槍枝應該相當沉重，可以清楚地看到他的手臂因強烈的後座力而傾斜。明明沒有當過兵，但他擊出的子彈卻每發都正中紅心。射擊結束後，被推至發射台前的靶紙正中央已是滿目瘡痍。

徐翰烈和教練說了幾句話之後回頭看了一眼，目光透過玻璃對上白尚熙的視線，他朝著外面的方向撇了一下頭。白尚熙一直等到徐翰烈準備朝外面走出來時才開始移動腳步。兩人在附近休息室內的沙發面對面坐下。

白尚熙的視線落在徐翰烈白皙的手上。大概是後座力的關係，與槍枝接觸的部分明顯泛紅。看他百發百中的射擊結果，又不像是新手，手上泛紅的情況，應該是他膚質天生敏感的緣故。白尚熙忽然想起他那副沒有一絲疤痕的軀體。人的肌膚只要一點小傷就會破皮流血，不知他是怎麼細心呵護的有辦法至今尚未產生半點傷痕。

「你的休閒活動還真是激烈。」

「我最近老是做一些很爛的夢。」

乍聽之下，答案跟問題根本風馬牛不相干，徐翰烈繼續補充道：

「每次做了那種夢，就覺得一整天的心情都糟糕透頂，感覺要摧毀些什麼心情才能獲得好轉，但是我又不能去摧毀別人。」

他直視著白尚熙的表情認真無比。白尚熙無言以對地笑了笑。

「你在哪裡學射擊的？」

「怎麼？一個不用當兵的傢伙手裡拿槍的樣子很搞笑是嗎？」

「你非得這樣曲解每句話你才開心？」

白尚熙不服輸地頂了他一句，徐翰烈的臉立刻垮了下來。「我會這麼問純粹是覺得好奇。」逼不得已，白尚熙加上了這句辯解。

「在美國學的。」

「幹嘛還特地去學這個？」

「人生在世一輩子，總會碰到一兩個想要一槍斃了他的對象。」

這句話聽起來也不像是在開玩笑。頓時，白尚熙的腦子裡冒出一個荒謬的念頭來：自己以後的死因該不會是槍傷吧？他噗哧一笑，抓住了徐翰烈靠在桌上的手腕往自己的方向拉。徐翰烈用詫異的眼神看著他的舉動。雖然說做愛應該是不分時間的，但現在才剛過下午一點而已。白尚熙幫徐翰烈把稍微跑偏的錶面調回了原位才放開了他的手。就像觸碰時一樣，鬆手的動作也是如此清清白白。似有若無的身體接觸讓徐翰烈的嘴角斜翹了起來。

「撩人的手段這麼高超，是怕別人不知道你身經百戰嗎？」

徐翰烈剛嘲諷完便猛然起身。見白尚熙還在看他，「坐在那裡幹嘛？」，他催促白尚熙跟上。

「你們這些當過兵的傢伙，只要看到免役的人就一副趾高氣昂的模樣，既然這樣那就表演給我們看一下吧，到底是有多會射？」

徐翰烈去接待處換了一把槍，一看就是重達兩公斤的款式。他用眼神催促著白尚熙趕快過去。沒有辦法，白尚熙只好交出身份證，把證件壓在櫃台，然後選了一把比較適合的貝瑞塔手槍。他開始穿戴護目鏡和防彈背心等安全裝備，徐翰烈這時突然朝他伸出了手錶。

「喜歡嗎？贏了的話就送給你。」

對於這樣一個賭注來說，籌碼未免過於昂貴了。白尚熙將視線從徐翰烈的手錶挪到他的臉上。

「不要這個，我想要別的。」

「別的什麼？」

「等贏了之後再告訴你，但是你得無條件答應我的要求才行。」

徐翰烈聽了不屑地訕笑，白尚熙也不以為意，接著問他：

「那你贏的話呢？」

「我不需要。」

「那就不是賭注了啊。」

「反正我會贏的。」

徐翰烈示意他進來似地拍了一下白尚熙的胸膛，朝著射擊場走去。身為前職業選手的教練簡單告知了一些注意事項後便退到了後方。靶紙被推去了最遠的二十五公尺距離。

兩人互不相讓地立刻開始射擊。扣動扳機時，伴隨著發射的巨響，冉起了一團白煙。子彈噴射的衝擊力震動了手腕，鼻腔裡充斥著刺鼻的火藥味。每當槍聲響起，空氣似乎也隨之湧動。儘管只是仔細地將槍口瞄準靶心並扣動扳機，從這樣的過程當中卻能感受到一股奇妙的愉悅感。

要是在平常，白尚熙不會這麼全力以赴，他的個性本來也不愛和別人打賭。然而，白尚熙此刻盯著靶心的眼神卻異常銳利。

將剩下的子彈全數發射完畢，這場鬧哄哄的對決才終於停止。結束射擊的徐翰烈看起來一臉的暢快，鬆開槍身，靶紙被推向前來。確認完兩方結果，教練露出了笑容。

「都是九十分，平手，兩位都表現得非常好呢。」

像是要讓他們再次確認，教練遞出了靶紙。雖然是同分平手，白尚熙的子彈繞著中心射了一圈，而徐翰烈的子彈卻是執著地貫穿了一處。白尚熙見了，噗地發出笑聲來。

「笑什麼？」

「很有趣啊。」

總覺得語氣聽起來是在取笑人。徐翰烈不爽地瞪了他一眼，隨後又看了一下時間，便吩咐楊秘書去備車。待楊秘書點頭致意消失了身影，兩人也去歸還防護裝備，離開了射擊場。一進電梯，徐翰烈就忍不住好奇心，納悶問道：

「你如果贏了是打算提什麼要求？」

「又沒分出勝負，你知道了又怎樣？」

白尚熙用他特有的從容語調避而不答，莫名讓人更加地好奇了。「到底是什麼？」徐翰烈意外地追根究底。白尚熙驀地捏住了他下巴，隨後嘴唇溫柔地壓在徐翰烈唇上，再分開來。距離很近，他們的眼神糾纏不清。

「我想要你今天讓我放進去。」

喃喃的低語很是沙啞。一時茫然的徐翰烈很快地反應過來，皺起了整張臉龐。「你看吧。」白尚熙調侃他。徐翰烈煩躁地揮開他的手，走出了電梯。

車子已在建築物門口等候。他們並排地坐進了後座。徐翰烈交待楊秘書開往白尚熙的公寓，就距離而言，那裡確實比飯店更為接近。

在車子行進的途中，白尚熙一直默默地盯著徐翰烈看。徐翰烈交叉著雙腿，兩隻手臂也交叉在胸前。被拉起的褲腳底下正露出一截白皙的腳踝。白尚熙想像著自己的嘴唇壓在他那突起的踝骨下方、相對凹陷的那塊區域。他還記得徐翰烈那沒有長繭的腳跟摸起來光滑細嫩的觸感。妄念如同轉開開關的水龍頭，源源不絕地流出。他想要拽過那纖細的腳踝，壓制住他本能反抗的身體，直到那張高傲的臉蛋因高度的灼熱感而失態崩塌為止。

徐翰烈察覺那道黏膩的目光，不解地轉過頭來。白尚熙一點也不覺得害臊，他繼續凝視著徐翰烈的臉，然後上身緩緩前傾，很快地，他的唇瓣輕輕降落在徐翰烈的臉頰。徐翰烈肩膀僵了一下，不悅地瞪著他。白尚熙鎖在自己身上的眼神和平時有些不太一樣。

白尚熙沒有急切地靠近，彷彿在享受著這種危險的距離，只是盯著徐翰烈的眼睛和嘴唇不放。就在他差不多要結束這場令人心焦的對峙，正打算接近的瞬間，徐翰烈當場揪住他的衣領，四片唇瓣有些粗暴地契合在一起。雖然有短暫一瞬的疼痛，白尚熙低笑著，像在吃棉花糖一樣，一口一口地含咬著徐翰烈的嘴唇。微睜著眼看他的徐翰烈緩緩闔上了眼簾，甜甜地吮吻著白尚熙的上唇，緊揪著衣領的手掌也一點一滴地放鬆了力量。駕駛座的楊秘書彷彿什麼都沒看見，沉默無聲。

車子很快就到了公寓的地下停車場。徐翰烈拍了拍正在自己脖子上百般撩逗的白尚熙的膝蓋。

「好了，你走吧。」

白尚熙嘴唇這時才離開了徐翰烈的脖子，露出驚訝的表情。那反應彷彿聽見了什麼不可思議的話語。徐翰烈淡然自若地問他：

「怎麼了？」

「你要直接走了？」

「我得回公司，三點有個會要開。」

徐翰烈看起來不像是在耍人，車子的引擎從進來到現在一直都是沒有熄火的狀態。就算是贊助商金主，也不是每次見面都一定會上床的。但畢竟距離上次相隔已久，徐翰烈只要來公寓或另外把自己叫去時通常都自然而然地形成那種氛圍，所以白尚熙以為這次也是一樣的，結果竟是他會錯意了。這實在是荒謬到不行，白尚熙放聲笑了出來。

放他下車之後，徐翰烈的車沒有一絲留戀地開出了停車場，那天晚上也沒有再和白尚熙聯絡。

✳

「你最近一下子食慾大增啊？」

姜室長不由得驚嘆。

「是嗎？」

白尚熙歪著頭，自己似乎沒有特別的感覺，看似和平時沒什麼兩樣。他反而是對於姜室長這樣的反應感到意外。自從過了青春期之後，即使他沒有特別努力運動，身上的肌肉也不太會消失。由於個子高再加上體格好，自然提高了基礎代謝率。當了演員之後，周圍的人都羨慕他天生麗質，怎麼吃都吃不胖，正確來說，他其實是要這樣吃才夠飽。

白尚熙這幾天的食量確實是有增加了一些，也可能是因為運動量比平常來得多吧。儘管如此，吃完的空盤堆疊到第三個的情況還是不太尋常。只見白尚熙又去端了滿滿一盤的食物回來，彷彿這是他的第一盤餐點，繼續胃口大開地進食。他雖然身體不餓，也沒有空腹感，但是卻感覺自己好像不管怎麼吃都無法填補那份飢渴。

「就算再怎樣吃不胖好了，你這種暴食吃法腸胃會出問題的，你忘記明天就要去外地拍片了嗎？該不會是因為這樣壓力過大導致的？」

「因為最近一直都沒辦法做，我必須得找一些東西來填補空虛。」

「做什麼？」

「做愛。」

白尚熙一臉慾求不滿地夾了一塊煎肉餅吃進嘴裡。有所顧忌的姜室長慌慌張張地左顧右盼。他面色漲紅，低聲喝斥白尚熙的輕率言行。

「你這小子！大庭廣眾之下的也敢亂說話。」

「有必要臉紅成這樣嗎？都是兩個孩子的爸了。」

「哎，我不是在說那個嘛。」

畢竟姜室長也不是不了解白尚熙的習性。白尚熙本來就是一個忠實於欲望的人，對於最原始的食慾、睡眠慾、性慾都有相當大的需求，壓力大時也會促使他的需求更為強烈。和尹羅元發生暴力衝突之後，白尚熙像個沒有明天的人一樣大吃特吃，又和不知道多少人輪番上床，把暴食的熱量都消化精光，最後睡了整整兩天。姜室長如今這麼回想起來，對於白尚熙能撐過在軍中的那段日子感到神奇不已。

他默默地從位子上起身，去裝了一大盤的肉回來，把那盤肉放在白尚熙的面前：

「你沒忘記徐代表說的話吧？我知道你年輕氣盛，是會比較辛苦一點，但是我們現在才正要重新開始嘛。你再多忍耐一下，不夠的部分吃這些當作彌補，今天就早點回家，好好地睡一覺，知道嗎？」

白尚熙沒有回答，只是一個勁地把肉塞進嘴裡。下顎機械性的咀嚼動作看起來似乎沒有在認真品嚐。

在射擊場那次短暫的見面之後，徐翰烈依然是無消無息。當然，炮友和贊助商無疑是完全不同的關係屬性。前者如果是橫向的箭頭，後者就是存在著明確的上下關係。只要徐翰烈沒有找他，他便無法與徐翰烈見面；假如對方沒有那個意思，他亦無法與對方發生關係。這些事情他本來就都明白，如今卻有種相當鬱悶的感覺。或許是意料之外的無性生活快到極限了也說不定。

只要他想的話，隨時都能找到對象和他上床，只不過白尚熙目前的問題點在於，他的需求不單單只是純粹的性慾望而已。

「……」

白尚熙若有所思了一陣，突然放下筷子。姜室長詫異地看著他，「不吃了嗎？」

「室長您先回去吧。」

他自顧自地丟下了一句，便從座位上站起。姜室長還在追問他怎麼回事，他已經頭也不回地跨著大步朝電梯走去。進了電梯，白尚熙毫不猶豫地按下了最高樓層的按鈕。

待他走到秘書室，沒有見到楊秘書的身影。常駐秘書站了起來，向他解釋著情況。

「代表現在外出中，如果您是依約前來，需要替您撥個電話嗎？」

又撲空了。白尚熙露出失落的笑，一邊望著緊閉的辦公室大門。

就在這時，感覺外面傳來一陣動靜聲。秘書的視線越過了白尚熙，向他後方看去。應該是徐翰烈回來了，白尚熙沒有半點懷疑地轉頭，隨即一怔。進入秘書室的人竟是白盈嬅。那個總是代替她來跟白尚熙傳話的男人也在，手裡正提著一個類似藥品的箱子和一個大餐盒。白尚熙緩緩地轉過身來，不多時，白盈嬅也發現了他的存在。兩人目光短暫地相遇。什麼都不知道的常駐秘書還在一旁打著招呼。

「……」

「……」

兩人的對峙並沒有持續太久，因為白盈嬅隨即收回了視線，裝作不認識他。即使白尚熙從旁堂而皇之地注視著她，她也不再和白尚熙有眼神上的交流。

「我從家裡來的，徐代表不在嗎？」

「代表正外出參加外部會議，不好意思，請問您有提前預約嗎？」

「年紀輕輕的小姐怎麼這麼不會聽話，我都說了我是從家裡來的呀？」

白盈嬅的語調雖然沒有十分激昂，藏在其中的霸道口氣卻令人難以忽略。白尚熙噗哧地發出嘲笑聲。白盈嬅肯定聽見了，卻不以為意。

「他出去一趟會很久嗎？」

「如果按照時間安排的話，應該快要回來了才是。」

「那我可以在裡面等吧？」

秘書露出一臉為難的樣子，「請稍等一下」，然後拿起了話筒。白盈嬅高傲地揚著下巴站在那裡。照理說，她應該無法忽視白尚熙那道明目張膽的視線，然而卻連看都不看他一眼。就算是素昧平生的陌生人也不會無視人到這種程度。任誰也想不到，這會是相隔十年母子重逢的場面。

白尚熙毅然決然地轉身就走，再繼續固執地待在這裡也只是徒增彼此的不快而已。電梯剛好抵達，他正打算移動腳步，沒想到門一開，徐翰烈突然出現在眼前。楊秘書還在滔滔不絕地向他報告著什麼，徐翰烈疑惑地瞅著從他辦公室方向走來的白尚熙：

「你怎麼會從那邊來？」

白尚熙定神凝視著徐翰烈，好半晌才終於開口：

「明天開始要到外地去拍攝了，目前暫定至少要拍個十天。」

「所以？」

「我不曉得你知不知道這件事情。」

「……」

徐翰烈彷彿聽見了什麼離奇的消息似的，抬起了單邊的眉毛，像是在揣測白尚熙的目的。但是他盯著看了老半天也看不出什麼端倪。

楊秘書的手機在這時響了起來。他一接起，立刻壓低著嗓音說了句「就快到了」，看來是秘書室打來的電話。結束了短暫的通話，楊秘書在徐翰烈耳邊悄聲稟告說「夫人來辦公室了」。徐翰烈嗤地乾笑了一聲，現在才明白了事情的原委。他斜眼仰視著白尚熙。

「楊秘書，接下來的行程是什麼呢？」

「接下來並無工作方面的行程，但是……」

徐翰烈舉起手來，打斷了楊秘書接下來要說的話。

「也是，之後有好一段時間沒辦法見面，是該預先打聲招呼才對。」

徐翰烈要白尚熙跟他過來，撇了下頭隨即轉身離去。白尚熙沒有什麼好需要遲疑的。楊秘書為難地看著電梯裡並肩而立的兩個人，隨著電梯門闔起，兩人的身影旋即消失在他的視線當中。

✳

「……呃啊、啊、呃！」

徐翰烈被壓制住的拳頭正在發抖。白尚熙將他顫抖不已的臀部像攤開書本似的朝兩側翻，使勁將嚴絲合縫地契合在穴中的性器緩緩向下插入。艱難吞吐著性器的洞口間歇地張合，一開一閉地吃著粗大的肉柱。凶猛的肉棒越是進入，充滿內部的潤滑劑便接連不斷地被擠了出來。白尚熙將那些溢出的東西用手指頭搜刮，在被撐得沒有半點皺摺的穴口處輕緩地搓揉著。如此一來，後穴便開始禁不住地收縮，慫恿著只插入一半的性器繼續深入。

白尚熙舔著發乾的嘴唇，不斷撫摸著那濕濡到帶著光澤的粉色穴口。徐翰烈的腰身因那一處的搔癢感而微微顫抖，一直試圖向前躲避。被他一躲，好不容易沒入的性器再度滑了一截出來。

白尚熙一把抓住了徐翰烈的大腿，將他拉近自己，然後輕按著他弓起的腰身，下體更猛力地推進。他繃緊腹肌，垂直插入的性器劈開試圖阻擋的穴肉，執拗地推了進去。極度的壓迫感逼得徐翰烈忍不住把頭埋在歪七扭八的枕頭上狠狠搓揉。

「……啊呃呃！」

「哈啊！」

白尚熙的胯部最後終於和徐翰烈的屁股難捨難分地相連在一起。他把骨盆更加緊密地貼合摩擦對方，隆起的屁股被大力擠壓，讓徐翰烈跟著發出了一聲悶哼。白尚熙撓癢似地觸摸著他緊繃的腰側和被壓扁的臀部，暫時感受著內部一陣陣的緊絞。

和帶著保險套的時候不同，他能充分又清晰地感覺到那層黏膜的溼潤感與熱度，還有膚質的柔軟度。就連內壁緊緊包裹著火熱的肉柱不停蠕動的感受也鮮明不已，既熟悉又陌生。極其興奮的性器比起之前更為腫脹沉重。只是少了那層橡膠薄膜的差異而已，白尚熙卻覺得自己至此之前所體會到的快感，不及上天所賦予人類那份完整快樂的十分之一。肉體在毫無阻隔之下嚙合時所呈現的生動感完全超乎了想像。白尚熙勾起嘴角，呼出一口濁氣。如果在裡面大力翻攪起來又會是如何？光是想像那幅場景，白尚熙腦子就開始變得恍惚。

由於那股未曾體會過的鼓脹感，徐翰烈似乎連該怎麼呼吸都忘了。白尚熙用鼻尖去糾纏他敏感的耳朵，弄得徐翰烈的肩膀縮瑟個不停。

他發出了低沉的笑聲，在他耳邊悄悄說著下流話。

「無套的屌感覺怎樣？不太一樣吧？」

「……閉嘴。」

徐翰烈從齒縫間逸出了極力壓抑的聲音。白尚熙又笑了一聲，一個勁地啃咬著他通紅的耳廓，徐翰烈只好把臉深埋進枕頭裡。白尚熙微微地轉動著骨盆，兩隻手臂撐起了上半身，將嵌進內部的性器徐徐抽出，逆向掃過滑膩的黏膜，艱辛地拔出了粗大的肉莖。光是這樣一個退出的動作，徐翰烈的整個身子都在打著哆嗦。

好不容易只剩下龜頭還留在裡面，白尚熙默默地深吸了一口氣。穴口周圍一起被吸附出來的軟肉暗自縮絞著，牢牢咬住了性器的前端。黏膜甜蜜地包覆纏繞著硬挺的龜頭，從深處再度收緊，製造出一種奇妙的吸附感，宛如在纏著陽具求他快點進來。

白尚熙不再吊他胃口，下半身大力捅進徐翰烈的身體裡。當他開始反覆抽送，入口處的皺摺被徹底擠壓，一起塞進了肉穴之內，隨後又跟著猛烈拔出的柱身一同捲了出來。徐翰烈渾身震顫不已，緊咬著牙不想發出聲音。屏住呼吸的他把一張臉憋得快要爆炸似地漲紅。

「要呼吸啊，不要閉氣，我又沒有要你和我一起去死。」

白尚熙居高臨下睨視著徐翰烈，粗暴地拍擊著中心部位，直到發出啪啪啪的聲響為止。徐翰烈的臀部被頂弄得又熱又麻，不自主地在抽動著。儘管如此，他也只是把枕套捏在手裡又撕又扯，半聲也不吭。

「你再怎麼忍耐也不可能一次就結束的，我這次憋了多久啊。」

白尚熙不滿地抱怨，性器再次操幹了起來。或許是真的把徐翰烈給弄痛了，他不爽地踢動著雙腿。

白尚熙注視著他那顆頑固的後腦杓，開始加快了如打樁機般的抽插。陰莖長驅直入，一口氣撐開了窄小的甬道，在內壁黏膜還來不及包覆之前又快速地退出，只留龜頭在裡面。待再次插入時，白尚熙的囊袋大力碰撞著徐翰烈的會陰部，砸出了略為黏稠的聲響。沒有時間適應的劇痛和茫然無措的深入感讓徐翰烈終於發出惱怒的哀叫聲來。

「啊！啊……呃嗯、啊、啊！」

白尚熙沒有錯過這個空檔，更加敏捷地擺動著腰桿，一刻不停歇地推擠著甬道內的空氣，發出了噗滋噗滋的聲音。反覆摩擦之下，性器上和穴口周圍的潤滑劑逐漸發白。

「靠，好痛……」

不斷唉叫的徐翰烈叫到嗓子沙啞，從嘴巴流出的津液不知不覺間把枕頭浸濕了一大片。他的腹部和大腿已經被操得痠痛不堪。白尚熙這時才逐漸緩下氣勢，插入的深度不變，但放慢速度，緩緩地頂弄著。被陰莖搓熱的內壁細細密密地緊貼上來又再完全脫離。白尚熙享受著這股甜美的刺激，靈活的腰身勾勒出柔韌而寬大的背脊線。

「呃、嗯……嗯！」

多虧於此，徐翰烈激動的反應也逐漸緩和平息。白尚熙彷彿在為了方才的暴力插入道歉似的，在氣味變重的耳際後方啄吻了起來。隨後，他的手塞進徐翰烈平貼在床面的小腹處，稍微抬起他的身體。徐翰烈才剛疑惑地轉頭，馬上因為猛然搗入體內的性器而咬緊了下唇。感覺白尚熙托著小腹的手勁驟然加大，戳進肚子深處的陰莖不只是停留在裡面而已，還在內壁有感覺的地方用龜頭連續地蹭磨。

「呃啊……呃！」

徐翰烈在彷彿無極限的熱度當中高聳著肩膀，腳趾頭克服不了這種鮮明的刺激，用力蜷縮了起來。白尚熙也緊閉了一下眼睛才又睜開。性器的前端埋在甘美多汁的黏膜之中，敏感的尿道鈴口也直接接觸搓揉著肉壁，而不是隔著保險套的儲精囊。只要稍稍一動，後穴就像通了電似地不停打開又收縮，把性器和裡面的軟肉混攪在一起。酥麻不已的顫慄快感讓白尚熙緊皺的眉頭沒有鬆開的跡象，然而唇角卻總是止不住地上揚。

「這樣磨蹭舒服嗎？」

「……呃！」

「嗯？這裡舒不舒服？」

白尚熙壞心地蹭著內壁一邊問道。徐翰烈只是咯吱地咬著牙，沒有回答。

「還是你果然比較喜歡會痛的那種？」

白尚熙裝傻地喃喃詢問，徐翰烈的身子瞬間抖了一下，攫著枕頭的手指頭緊張蠕動。見他這副模樣，白尚熙笑了笑，將身體貼上徐翰烈的後背，壓下厚實的胸膛讓他無法動彈，一邊玩弄著他耳垂的同時游刃有餘地頂弄著。每次深深插入，甬道像吸盤一樣附著上來，感覺富有彈性又軟糊糊的。就算把老二捅進高密度的糯米麵團裡也沒辦法同一時間體驗到這股抗拒加上吸附的感受。白尚熙囁咬著徐翰烈的後頸，飢渴的性器急切地摩擦著柔軟的內壁。麻酥酥的痛感再三地灼燒著徐翰烈的鼠蹊部和骨盆。

「嗯、呃、啊啊……」

徐翰烈顫抖不停的下半身密切地向上抵在白尚熙的胯間。白尚熙時不時摩挲著徐翰烈抽筋的下腹，一刻不停地把自己的陰莖幹至深處，彷彿兩人的下體本來就串連在一塊，片刻都不曾分開。他的上半身是前所未有的溫柔又從容，興奮的生殖器卻像是個獨立的器官，在被搗弄得稀軟不堪的甬道裡大肆攪動。小腹火辣辣地疼，徐翰烈忍不住連續痛叫了好幾聲。

「呃啊、呃……別太……啊！」

徐翰烈握住白尚熙托著自己下腹的手臂，使勁緊捏的手在發著抖，像是在阻止，又像是在向他討要更多。白尚熙安撫性地吻了吻徐翰烈的後頸，突然朝著至今尚未接觸到的地方猛地捅了進去。

「……等！」

徐翰烈的身體瞬間一抽一抽，四肢驚慌失措地抵抗，抓著白尚熙的手掌也一下子大力捏緊。極度的緊張感迫使他全身僵硬無比。白尚熙再次把唇瓣貼上徐翰烈的耳後，

「放鬆一點」，他說。

「……我要殺了你。」

突如其來飛來一句威脅，白尚熙嗤地笑了出來，厚顏無恥地反問他「什麼？」徐翰烈被他逼得窮途末路，呼吸更加急促地咆哮了起來。

「不要這樣，我真的會宰了你！」

「我問你要宰了我的什麼嘛？」

白尚熙裝傻裝到底，繼續親吻著徐翰烈的肩膀。徐翰烈緊繃到就連這種輕淺的接觸都能在肌膚上激起一陣微小的雞皮疙瘩。

「你是在說這個嗎？」

白尚熙的性器在徐翰烈的臀縫中不動聲色地磨蹭，等待著時機點，然後毫無預兆陡然侖進了後穴，狠狠地撞在了埋藏在深處的敏感點上。

「……啊啊！」

徐翰烈的身子頓時彈了一下，他奮力掙扎起來，試圖擺脫那股朝他鋪天蓋地而來的強烈快感。白尚熙使出全身的力氣壓制著他，同時集中往剛才那一點戳刺。

「……咿、呃啊！啊！嗯嗯、哈呃！呃、啊啊！」

徐翰烈開始發出一堆不知道算是慘叫還是呻吟的聲音。扭動的屁股和大腿推拒著白尚熙，展現了反抗之意。遺憾的是，由於下體是被完全貫穿的狀態，他的掙扎只是造成了更加緊縛的結果。徐翰烈越是抗拒，後穴就越是把深入他肚子裡的陽具一併絞緊。強勁的壓迫力道就連白尚熙也忍不住皺起眉來。

「哈啊、哈、呃、快被夾斷了、呃！」

「呃、呃啊……啊！哈呃呃、嗯、啊嗯！」

白尚熙用膝蓋撐開了徐翰烈的大腿內側，在比先前更加鬆軟的肉穴裡進進出出，擠壓著敏感點。被恣意翻攪的小洞裡傳出了咕啾咕啾的泥濘聲。體液和變得混濁的凝膠纏繞在徐翰烈和白尚熙不斷摩擦的屁股和鼠蹊部之間，每當兩具軀體分開時都牽扯出數十條的銀絲。由於快進慢出的壓力差，後穴裡不斷起著不透明的泡沫。

「哈呃、啊……啊啊！呃！哈啊、嗯、啊！」

白尚熙仰起頭來，暫時調整著呼吸。熱意來得比平常還要快，以至於腦子一陣昏沉。徐翰烈的哀叫聲在他耳朵裡隆隆作響。迅速溢流找尋著出口的血液激發了脹痛的尿意。

白尚熙一把按住徐翰烈的脖頸，下身的陽具啪地頂撞了進去。徐翰烈被無法言喻的灼熱感給折磨，燙得全身都在奮力掙扎。

「呃啊！你這混……啊！」

咒罵的髒話還來不及說完，徐翰烈又再次被噗哧地貫穿。白尚熙直接用龜頭磨碾至今只是使勁戳刺的敏感點，徐翰烈被擠壓的臀部於是抽搐了起來。

「哈呃呃……嗯、啊！啊……停！」

徐翰烈哀求著要白尚熙停下的嗓音帶著分岔，不斷慫恿著白尚熙下身的動作。當他撤出性器時，徐翰烈的身體因為害怕他又要立刻衝撞進來，茫然不安地哆嗦著。為了不負他那份期待，白尚熙啪啪啪地接連搗進了內壁的深處。對應著痛苦的高潮快感讓徐翰烈繃緊了整個身體，而白尚熙摟住他僵硬的身子，拚命地往更裡面狂抽猛插、搔刮著肉穴。

徐翰烈閉不攏的下巴顫抖不休。逐漸被逼至極限的白尚熙也從牙關發出了難耐的咯吱聲響。他再次狠狠向上一頂，徐翰烈被他頂出了帶著哭腔的呻吟。

「……哈呃！」

與此同時，白尚熙到達臨界點的性器噴發出白濁。填滿了甬道的物體將慾望的渣滓播撒到了更為隱密的角落。徐翰烈只有肩膀在微微地震顫，他把臉深埋在枕頭裡，一動也不動。

白尚熙肩膀上下起伏，暫時緩口氣之後，再度挺進了下身，把沒來得及噴洩而出的東西射進了徐翰烈的體內。熱氣在霎時之間消散，全身上下浸滿了汗水。

「……哈啊！」

白尚熙呼出了憋住的氣息。他緊縮的腹肌抽動著，和徐翰烈的臀部碰在了一起。汗溼的兩具肉體，肌膚每次相觸後要分開時都帶著一股黏膩感。白尚熙一邊平緩著呼吸，一邊親吻著徐翰烈的後頸和肩膀還有屁股。一直包覆在他下腹的手掌也緩緩地向下撫摸著大腿直至膝蓋，隨後動作自然地把徐翰烈的身子面朝上翻了過來。好不容易才喘過氣來的徐翰烈不開心地蹙起了眉心。

白尚熙毫不猶豫地把臉湊上前去，徐翰烈抬起手，阻止白尚熙的嘴唇朝自己靠近。原本就張著嘴的白尚熙把搗在自己唇瓣上的手指毫不遲疑地吸進了嘴裡。他的視線仍落在徐翰烈皺成一團的臉蛋上，同時一邊舔著他白皙的手指。興奮之下的濃稠唾液很快地濕透了整根指頭。

「……沒什麼好得意的。」

「莫名其妙地在說什麼？」

「我放了你母親鴿子，你好像很高興的樣子，我叫你少在那邊得意忘形，我不是為了你才這麼做的。」

「啊哈？」

白尚熙發出了一聲虛情假意的感嘆之後，抓住了徐翰烈的兩條腿往自己的方向拉。

被潤滑劑和精液弄得黏糊糊的臀瓣再一遍地和他的下腹部相連。他的手臂撐在徐翰烈的臉龐兩側，使得床墊些微下陷。白尚熙並沒有在笑，然而總覺得他看起來心情頗為愉快。

「今天心情特別好，確實是有點飄飄然沒錯。但是你猜錯理由了，跟那個女人無關，我只是想到可以飽餐一頓就覺得很興奮。」

「什麼……」

「把人餓上幾乎一整個月的時間，就算餵不飽他，至少也別讓他餓肚子吧。」

白尚熙不知羞恥地主張道。他慢慢轉動著瞳眸，向下地掃視著徐翰烈的身體。

「我簡直無時無刻都在好奇不帶套直接做的話會是什麼感覺，結果比想像中還要更甜呢。」

他的視線往下來到肚臍附近，又再緩慢地掃回徐翰烈的臉龐。光是承受著他的視線，徐翰烈就有一種被徹底吃乾抹淨的感覺。就在白尚熙的手掌正要觸及他光裸腰際的前一刻，徐翰烈已經忍不住打了一個激靈，他的耳根和臉蛋於是唰地發紅。白尚熙的臉上似乎浮現出淡淡的笑意。由於他實際上並沒有真的笑出來，也可能是徐翰烈無端產生的自慚心理在作祟。

「就這樣過了一個月……」

白尚熙刻意拖長了句尾，全神貫注地俯視著徐翰烈通紅的臉。「表情真是不錯」，白尚熙的呢喃聲異常清晰地傳進耳裡，讓徐翰烈不由得渾身一僵。他不想讓白尚熙發現，於是低聲吼了一句「走開」。然而帶著水光的濕濡眼神再怎樣凶狠似乎都起不了威嚇的作用。白尚熙自下而上地撫摸著徐翰烈的性器，然後輕輕彈了它一下。

「……呃！」

已經射過一次的性器相當敏感，就算是受到稍微的刺激也顫巍巍地抖動著。

「雖然一臉的嫌棄樣，結果還是很有感覺嘛？你是什麼時候射的？」

「你閉嘴。」

「要我閉上嘴猛幹就是了？」

白尚熙虧了他一句，手向鬆軟的後穴探去。才稍微放進一小節指頭，徐翰烈的腰部就明顯縮瑟了下。白尚熙揶揄地看了他一眼，徐翰烈惱羞成怒，舉起膝蓋重重地踢在白尚熙的側腰上。白尚熙裝痛地哎唷了一聲，接著把徐翰烈的大腿往兩側大幅度地張開，不知何時又勃起的性器在擴張過的軟濡穴口輕緩地磨蹭。他恣意擠壓著洞口周圍軟糊糊的嫩肉，發出了黏膩的聲響。

「不帶套直接來確實很棒呢，不用每做一次就要換一個。」

白尚熙低聲喃喃自語著，陽具在徐翰烈的會陰部上反覆搓揉。光是這樣，徐翰烈就覺得小腹有一股酥麻麻的感覺在匯聚。他不小心低哼出聲，自己也嚇一跳地摀住嘴巴，但是對於不受控制抽搐的膝蓋和大腿卻是毫無辦法。

白尚熙漫不經心地搔刮著徐翰烈的會陰，一邊專注盯著他的性器慢慢抬頭。白嫩的肉莖上突起的血管泛著淡青色，正抑制不住興奮翕動著的前端鈴口周圍則是深粉紅色。用手指頭在上面稍微摩挲一下，透明的前列腺液便溢了出來，很快地打溼了柱身。

「你這身體還真是色情啊。」

自言自語著的白尚熙把性器自上而下地從會陰部用力蹭下去，直接插進了後穴裡。

「……哈呃！」

徐翰烈完全閉上了眼，胸部上下起伏不已，摀住嘴巴的指縫間仍是流洩出呻吟聲來。

和光是插入就疼痛不堪的第一次不同，已經擴張得差不多的穴口，比起之前更為甜美地裹住了興奮的肉柱向內吞噬。內壁已然適應了巨物，白尚熙的性器享受著甬道中的溫度和觸感，一舉提高了士氣。黏膜因先前的摩擦尚帶著高溫，層層包裹住浮著青筋表面凹凸不平的生殖器。裡面還是相當緊緻，不久前被白尚熙拚命鑿穿出來的一條甬道彷彿在炫耀著它的彈性，如今早已看不出曾被開拓的模樣，瞬間激起了白尚熙想要把這裡操幹到完全鬆弛無法合攏的衝動。

白尚熙勉強壓制住那股強烈的慾望，用龜頭頂了頂內壁的上方。徐翰烈頓時蹙眉，發出了痛叫聲。白尚熙眼睜睜看著他的臉蛋因痛苦而皺起，在他小腹上輕拍了兩下。

「感覺得到嗎？現在我正在頂著你這邊。」

說完，白尚熙再次推進，向上擠壓著內壁。徐翰烈微睜的雙眼只好再度閉緊。不可思議的是，被白尚熙由下至上頂弄的那一處還真的有些微的凸起。

白尚熙抽出又插入，反覆頂弄著徐翰烈肚臍下面那一塊區域。執著到令人無可奈何的規律抽插，每每戳在同一處的灼燒感蔓延到了整個胯部。徐翰烈的屁股因強烈的感覺而微微顫動著。白尚熙只要一退出，徐翰烈的腹肌便會自動地收縮，為了下一波即將到來的快感做準備，硬挺的性器也早已一抽一抽地豎立了起來。然而這次徐翰烈等了許久，白尚熙都沒有給予他期待中的那種刺激。在快要滿溢的邊緣徘徊半天，終是無法氾濫成災，徐翰烈被那種快感折磨著，難耐地抓住了白尚熙的手指。

「媽的、不要鬧了，要做就趕快……」

「現在終於有一起打炮的感覺了，還懂得開口求我。」

白尚熙把徐翰烈的下身稍微抬起，將持續幹著別處的性器悄悄地扭轉了角度戳刺。他的性器彷彿還記得徐翰烈的肚子，沒兩三下就正確插到了那個快樂的頂點。

「呃啊……！」

徐翰烈的身子像是痙攣發作似地蜷縮，四肢彷彿亟欲逃離那股衝至末梢的刺激快感，死命地掙扎著。白尚熙將他的兩隻手舉到了頭頂，看見那雙瞪著自己的眼中有埋怨、茫然，甚至夾雜著怒意。然後白尚熙開始不停地吻他，徐翰烈發燙的耳垂也被他含在嘴裡啃咬糾纏著。

白尚熙的陰莖這時刮過了敏感的內壁，大大地退了出來，然後打破了剎那間的緊張感，一股腦捅入，準確地戳在了之前的那一點上。徐翰烈的身體再次弓了起來。

「哈嗯！嗯嗯、呃……」

被白尚熙貫穿的白皙胴體因極度的顫慄而一陣一陣地起了痙攣。徐翰烈雙目牢牢閉起，死死咬著兩排整齊的牙齒。白尚熙語調相當和藹地提醒「會把牙齒咬壞的」，於是把手指頭伸進了徐翰烈的嘴裡。淫樂之中濕糊不堪的舌肉隨即纏了上來，白尚熙的指頭在他高溫的口腔裡翻攪的同時，毫無預兆地挺動了下身，對著剛才同一處瘋狂搗弄。

「啊、呃啊、哈嗯、呃、啊！」

不是單純的痛覺或搔癢，一種難以言表的奇妙感受一直迴盪在骨盆裡。令人無法承受的熾熱讓徐翰烈眼前閃閃爍爍，神智不清。感覺腦子裡的警示燈在無聲地響著。因快感而崩塌的呻吟接二連三地從徐翰烈嘴裡甜蜜地流瀉而出。

「哈呃、嗯、啊！慢一、點、呃啊、嗯！」

感覺肚子好像成了一個石臼，白尚熙的性器在光滑的黏膜上不停大力搗碾著精液、潤滑劑、前液之類的稠狀液體，不時會伴隨著噗滋聲從銜接的洞口外漏出來。徐翰烈的會陰部早已被黏著其上的白色稠狀物弄得一片濕滑。

「呃嗯、停下……啊！哈呃、呃！」

「不行，我停不下來。」

白尚熙不留半點情面地逼迫著徐翰烈繼續承受他的肆虐。徐翰烈脹到發痛的性器終於自我了斷地射出了白濁的精液。白尚熙笑了一下，抬起他的手臂輕吻著他的胳膊內側，之後極其自然地把徐翰烈的手臂環在自己的脖頸上。一疊上唇瓣，高潮餘韻下壓抑的呻吟伴隨著香甜的呼吸一併湧進了他嘴裡。白尚熙將徐翰烈惹人憐愛倍受折磨的舌頭加上熬得黏糊糊的津液一起吸進嘴巴裡，腰部也開始奮力聳動。

「啊、呃、我、啊、呃啊、快要、死了、哈呃、呃！啊！」

下身沒有任何疲軟的機會，氾濫成災的刺激讓徐翰烈的指尖捏得發白。上下黏膜同時受到攪弄的感覺之下，髮根悚然豎立。

「嗯……嗚嗚！」

被堵住的嘴巴裡逸出了極為痛苦的吟聲。白尚熙喘著粗氣，加緊了抽送的速度。徐翰烈感覺到被填滿的下身倉促地一陣緊繃，心臟開始劇烈跳動到胸口脹痛的地步。內心裡的忐忑不安一發不可收拾。他乾脆放棄了掙扎，卸下了四肢的力量，此時凝聚在眼角的東西沿著臉頰滑落而下。

「呃、唔嗯……！」

白尚熙在下一刻將性器深插至底，一把摟住了徐翰烈，同時在他腹中噴灑出自己的黏稠。

徐翰烈大口呼吸著搖晃之中不穩的氣息，同時一把抱住了白尚熙。白尚熙吻上他濕濡的臉頰，腰身一挺，仍然威風顯赫的男根將剩餘的精液一滴不剩地射進甬道裡。

渾身顫慄，雞皮疙瘩滿布。他們在強烈的高潮餘韻中緊緊擁抱著對方，無法動彈。只剩下不分彼此的粗重喘息聲持續地響徹耳際。

隔了好一陣子，徐翰烈才鬆開了緊攬著白尚熙的手臂，腦袋無力地垂至一旁。白尚熙呼出緊繃的氣息，額頭斜靠在徐翰烈的額頭上。兩人近距離地視線交流，白尚熙可以清楚地看到徐翰烈每次吐氣，睫毛都會撲簌簌地顫抖。

他仔細端詳著那雙只映照出自己的瑩潤瞳孔，把手按在對方的左胸上。徐翰烈的眉頭細微地皺起。白尚熙的手掌下方感覺到了微弱卻又明顯的振動。這不是他的錯覺。

「你的心臟跳得好大聲。」

略帶沙啞的聲音低喃著，說完還笑了一聲。徐翰烈沒有跟著他一起笑。他只是吃力地抬起昏沉的眼皮，直直地望著白尚熙，在白尚熙耳邊破碎的呼吸聲依舊粗濁不堪。

連續做了兩次，興奮的身體遲遲沒有冷卻下來。白尚熙在徐翰烈的臉頰和嘴角啄吻著，把他無力的手掌拉至自己的胯下。才剛射精沒多久，轉眼又已恢復氣勢的性器在徐翰烈手指頭上磨蹭著柱身。

當白尚熙再次把性器抵上那紅腫的穴口時，徐翰烈茫然地闔上了眼。彷彿預知到了即將來臨的磨難，他的心臟喘吁吁地跳動著，就算當場爆炸了也不意外。

「……我起來了。」

意識朦朧中聽見了有人在通電話的聲音。徐翰烈昏沉沉地張開眼，一幅陌生的景象映入逐漸擴散開的視野。他轉動麻木的眼珠，記憶慢慢回籠，終於看出了眼前這個場所和斷斷續續傳入耳中那道嗓音的關聯性。他再度閉起眼，深嘆了一口氣。

聲音漸漸靠近，一路傳進了房間裡。須臾，些許水氣和清香的沐浴露味道混進了空氣中。徐翰烈似乎是嫌吵，慢慢蜷縮著鑽進了被子裡。只剩下頭髮和一小部分的手腳還露在外面。

「我說真的啦。」

講電話的聲音變得十分清晰，接著一側床角凹陷下去，沐浴露的香氣也變得更加濃郁。雖然沒有睜眼，徐翰烈卻能感受到有人正專注地盯著自己。他沒有做出反應。時不時從手機那一頭傳出來的聲音非常耳熟。白尚熙今天開始要去外地拍攝的話，會打電話來的應該就是姜室長了。「我現在要上去了。」對方如此宣告的聲音不大，但聽起來卻特別清楚。徐翰烈不禁縮了一下，冷不防地，一隻大掌伸過來輕撫著他的後腦杓。

「……不用，我馬上就要下去，室長你不需要還特地跑上來。」

白尚熙又摸了摸徐翰烈的頭，彷彿是想讓他安心似的。徐翰烈揮開他的手，像是在揮趕一隻煩人的飛蟲，然後整個人鑽進了被子裡。不知道是不是錯覺，他好像聽見棉被外傳來一陣淺淺的笑聲。

「不用幫你清洗一下嗎？身上應該黏黏的吧。」

「不要跟我說話。」

徐翰烈的聲音啞得不像話。白尚熙默默地看了他一會，突然就要掀開被子，徐翰烈捲住了被子的一角抓著不放，死命地抵抗，還踹了白尚熙幾腳要他鬆手。

「那不然你休息一下再走吧。」

白尚熙無奈地舉白旗投降，他的重量很快地消失在床上。他沒有就這樣直接離去，還回頭看了一會……徐翰烈不是很確定，但至少從對方突然停頓的腳步聲聽起來應該是如此。

然而也僅只於此，白尚熙回頭看了一眼，我出門了、下次見這種一般的招呼聲都沒說一句，人就這麼走了。玄關大門開了又關，並且發出了自動上鎖的聲音。門外細微的動靜聲轉眼消失成一片沈寂。

徐翰烈仍是好一陣子都沒有動作。又隔了一會，他才將手臂伸到被子外面。在床鋪上摸索了半天都沒找到他要找的東西，徐翰烈這才終於伸出頭來四處張望。滿是憔悴的臉龐汗涔涔的，光裸的肩膀因為刻意地深呼吸而大幅度起伏著。他緩緩地轉動眼球，然後艱難地起身下床。

一出臥室，徐翰烈直奔沙發，從丟在沙發上的外套裡掏出手機。他幾乎使不上力的身軀再也堅持不了地癱倒在沙發上。徐翰烈努力集中著逐漸渙散的意識，按下了手機的快速撥號鍵。

他閉著雙眼，慢慢地深吸一口氣，再徐徐呼出。儘管如此，跳動過快的心臟卻始終無法鎮靜，持續悸動不已，胸口震顫到連腦袋都感覺暈頭轉向。對方在正要響起第二聲撥號音的時候接起了電話。

「楊秘書？是我。」

他喉嚨發出的聲音悽慘地分了岔。「你得來接我一趟了」，語調聽起來氣若游絲的。

天尚未亮起的凌晨，白尚熙就已經出發前往拍攝現場。路標上的地名是這輩子只聽過一兩次的那種地方。過了收費站，車子又繼續開了一會，出現了一條兩旁樹叢茂盛的道路。車子行進在崎嶇不平的路面上，一路搖搖晃晃。

保母車最後停在一棟看起來像是九零年代建造的田園住宅前面。早已抵達的工作人員們搬運著器材和道具，正忙著在準備拍攝工作。雖然製作方通知白尚熙要在上午七點以前抵達進行拍攝，但從現場這副亂糟糟的情況來看，似乎很難在預定的時間內順利開始。

姜室長停好車，對白尚熙說了句「下去吧」，自己便先行下車，然後開始對著附近經過的工作人員打招呼。工作人員們一臉慌張地跟著他點頭致意。

白尚熙也隨即開門下了車。頓時周圍的目光全都無端朝他撇來，眼神中混合了多重含義。

不論是他半途攔截了趙宇鎮的角色，或是兩年前的暴力爭執事件，對於白尚熙的背景，這些人想必都已充分地議論過一番，投來的視線並非那麼和善也不是沒有原因。

就算在如此尖銳的視線下，姜室長仍是不斷客客氣氣地問候著工作人員，將「辛苦了」掛在嘴上，也把在休息站買來的維他命飲料一瓶一瓶地遞出去。工作人員們只是勉為其難地收下飲料和打聲招呼而已，並沒有輕易改變態度向他們示好。白尚熙和他人眼神接觸時則是簡單地點頭鞠躬，儘管他不會去刻意討好，畢竟是接下來要一起共事的人們，他也知道沒有交惡的必要。

他環視了一下周遭，到處都沒看到申導演的人影，只有副導演在現場忙碌地四處奔波。副導演不斷地檢查各種道具、燈光、攝影機、收音等設備，然後一邊看著自己的手機一邊嘆氣。就在他差點要撞上姜室長和白尚熙的時候，才終於發現了他們的存在。

「啊，你們到啦！來的路上很辛苦吧？」

「半路上有稍微休息一下，沒事的。吃過飯了嗎？」

「有，簡單吃了一點。是說池建梧先生一大早就這麼帥氣啊，好像都不會浮腫的吼？」

副導演拍起了馬屁，「我們申導演不太愛用帥哥演員的，時隔許久，這下眼睛終於可以吃點冰淇淋啦！」副導演的個性感覺絲毫不怕生，也沒帶什麼先入為主的成見。對於必須在如此混亂的現場不斷和導演、工作人員和演員之間相互協調的職務來說，這或許正是他必須俱備的特質。

「是說，不曉得導演人在哪裡……」

「啊、剛才他說剛從宿舍出發，很快就會到了。」

副導演欣然答覆，語畢卻露出了一絲憂慮。

「今天天氣這麼晴朗，導演心情不太好啊。」

「天氣？為什麼？」

姜室長發出了單純的疑問。副導演這時仍然在查看著手機上的天氣預報，又再長嘆了一口氣。

「因為導演討厭用灑水車，說這樣畫面看起來會很假。」

「喔……」

「今天的天氣預報明明說會下雨的呀，你看這裡，降雨機率百分之六十對吧？結果天空竟然如此晴朗？……這下子可能要無止盡地待機了。」

副導演抱怨道。白尚熙楞楞地抬頭看著天空。雖然有積了一些雲層，但怎麼看都覺得短時間內應該是不會下雨的樣子。就算下了，大概也頂多是毛毛雨的程度吧。

就在這時，一台車開進了停車場。

「啊，導演來了！」

副導演對他們打了聲招呼，「不好意思先走了」，然後朝著那台剛抵達的車輛跑去。下了車的申導演看起來臉色果然不太好，不曉得是否昨晚沒睡好，眼眶有點凹陷。

眉頭深鎖的他對副導演的招呼一副愛理不理的樣子，往拍攝現場掃視了一遍。不用多久，他便發現了在不遠處的姜室長和白尚熙。

「導演您好！」

姜室長炫耀著他的大嗓門，向申導演鞠躬問好。白尚熙也同樣點頭行禮，「您好。」

「今天就要正式上場了……一起好好加油吧。」

結果申導演只說了這麼一句話就逕自越過了兩人，副導演急忙尾隨而去，向他報告已經準備完畢的事項。申導演巡視了一下現場，再仰頭看了下天空，露出十分不悅的表情。

「就算待在這裡也只會礙手礙腳而已，我們去車上等吧。」

姜室長在白尚熙背上拍了一下，率先回到了保母車上。這麼看來確實是不知道何時才能開始拍攝，計畫總是跟不上現場情況的變化。

姜室長把駕駛座椅子向後傾斜，對白尚熙說「瞇一下吧」。從一大清早就開了一路的車，他也累了，呵欠連連的。

要是在以前，白尚熙肯定也會趁機補個眠，然而他今天卻出乎意料地拿起了劇本。姜室長回頭看著他反常的舉止，並沒有多說什麼地閉上了眼睛，嘴角上帶著淡淡的笑意，沒多久，他便開始發出了熟睡的呼吸聲。

白尚熙把已經閱讀了數遍的劇本又翻閱了一遍。這次在外地拍攝的部分是「俊英」練習殺人的場景。「俊英」之所以將無冤無仇甚至毫無任何關聯的這一家人殺害，只是因為這家人和他最終要報復的目標家庭成員是相同的構成。這起事件自始至終，從「俊英」身上察覺不出絲毫的動搖。台詞也不過只有兩句話而已。

「俊英」的殺人演練是發生在一個下著大雨的日子。日後在正式實行殺人計畫時，為了盡量減少犯罪時的誤差，他還特地等到一個和練習時同樣的下雨天才找到牧師家去。「俊英」雖然是在執行著復仇計畫，然而他的情緒卻相當穩定，從來不曾出現過激的表現，已經超越了忍耐、悲傷、憤怒、甚至失控暴走的這些階段。他的靈魂似乎已經枯竭了許久，嚴重磨損，來到了瀕臨死亡的階段。

這種狀態要透過演技表現出來確實有些棘手。不過從白尚熙第一次看到劇本直到現在，他對於「俊英」這個角色並沒有什麼太大的疑問。雖然多少還是有些許茫然，但白尚熙感覺在某種程度上，自己是可以理解他的。

『我親自審閱過劇本，覺得這個角色的某幾個場景都很適合讓池建梧先生來詮釋。』

白尚熙不知道徐翰烈到底是憑借著什麼樣的印象而提出這種想法。

不曉得過了多久，車裡傳出了熟悉的振動聲。雖然聲音不大，還是把姜室長從睡夢中給嚇得醒來。他用睡意朦朧的眼睛四處張望，很快地從包包裡拿出了他的手機。一看到來電者，他手忙腳亂地接起了電話。

「代表好，我是姜在亨。」

白尚熙抬起了一直固定在劇本上的視線，姜室長沒來得及察覺他的這點反應。

「是的，我們準時抵達，現在正在待機等待中。跟導演見面打過招呼了，現在還沒準備好要拍攝的樣子。」

白尚熙靜靜地聆聽了半晌，完全聽不到對方講話的聲音。姜室長把手機貼在耳邊，對方好像一連下達了幾個指令，他一個勁地答著是。白尚熙的目光重新回到了劇本上。

「啊，有事情要另外交待的話，幫您把電話轉給他嗎？」

雖然沒有說出名字，很明顯地是提到了自己，白尚熙的視線在後照鏡裡和姜室長的撞在一起。但是儘儘過了一瞬，姜室長的目光隨即轉去了別的方向，用一句「我知道了」結束了短暫的通話。

「是徐代表。」

姜室長直接揭露了他那顯而易見的通話對象。白尚熙無聲地點了點頭。通話內容僅限於公事，看來對方沒什麼別的事情需要交待，他也沒什麼好繼續追問。

「但是他不知道是不是感冒了，聲音怎麼會啞成那樣？」

姜室長歪著頭，一邊確認著未接來電和已接收簡訊。一直默不作聲的白尚熙驀然想起了躲在被子裡一動也不動的徐翰烈，不禁暗笑一聲。

他本來沒打算做到那個程度的。畢竟馬上凌晨就要動身出發，之後的日程安排又相當緊湊。然而本來就已經很久沒發洩，在本能慾望驅使的情況下，竟不知不覺做了一整晚。

白尚熙過去從來沒有和男人發生過關係。作為插入的一方，他預先猜想過應該和一般的性交不會有太大的差別。當然，後庭比起女性陰道要來得緊密，他知道進入後那種收縮的強度肯定是會有些差距。

然而，現實和理想之間的差距總是超乎想像。第一次進入徐翰烈時，下身性器被緊絞到近乎疼痛的感受讓他神智幾近恍惚。不確定是一時氣氛使然，還是肛交本來就都是如此，全身的感官彷彿頓時甦醒，鮮活了起來。每當徐翰烈倒抽一口氣或緊張地收縮時，他都能清楚地感覺到那些細緻的皺褶是如何擠壓著自己的性器。「這是怎樣？」如此不可置信的快感讓白尚熙忍不住連聲發出質疑。

他以為那只是一種普遍的錯覺，是體驗陌生事物時產生的過度興奮，所以內心浮現想要再次確認的想法。然而他一直等不到再次嘗試的機會，等到後來不由得產生一股迫切難耐的心情。

上一次像這樣抓著人瘋狂索求是什麼時候的事，他已經想不起來了。當他把徐翰烈那倔強的臉龐操到表情崩垮、總是過分敏感地瞪視著自己的眼瞳染上慾火的那時，就連自己的記憶也開始變得朦朧模糊。分辨不出是哀嚎還是呻吟的聲音，不平靜的呼吸，似痛非痛的劇烈快感在身上往返穿梭。兩具被汗浸漬得濕滑不堪快要抓不住的肉體拚命地相互貼合。他在裡面射了好幾次，導致後來只要一插進去，裡面積滿的精液和潤滑液就噗滋噗滋地溢出來。

一開始還有力氣罵罵髒話的徐翰烈到最後只能呼哧呼哧地喘著氣。他今天早上的聲音沙啞到一個不行，應該是沒這麼快就能恢復。

白尚熙宛如生平第一次做愛一樣激動得無法自控。這次不能再用肛交初體驗的異常興奮來作為藉口了。除了當兵時期以外，他從來沒有禁慾超過兩個禮拜的時間，但是在迫不得已情況下的忍耐，和明明可以做卻必須自我克制的忍耐，兩者所使用的是完全不同概念的意志力。白尚熙不得不承認，自己的意志力比想像中還要來得薄弱。

「什麼啊？」

他還在想著昨晚的事，姜室長的聲音突然冒了出來。白尚熙一抬頭，便撞上後照鏡裡充滿懷疑的那雙眼睛。

「怎麼了？」

「看起來心情不錯哦？有什麼有趣的事嗎？」

白尚熙搖搖頭，表示沒什麼。

「只是，好久沒有這樣了……」

含混不清的回答像是在哼著歌似的，帶著輕快蕩漾的語氣。

＊

徐翰烈把手機遞給楊秘書。毫無血色的手背上正扎著吊點滴的針頭。他撇了一眼滴速緩慢的注射液，視線迅速回到了平板電腦上。

「等那一瓶打完就可以走了吧？」

「主治醫生是說住院休息個一兩天，再繼續觀察一下會比較好。」

「照了心電圖，也抽了血，從早上開始要我做的所有檢查我都做了，是還要繼續觀察什麼？」

徐翰烈不滿地仰視著楊秘書的臉色煞是慘白，卻又帶著一股隨時可能會拔針走人的氣勢。

楊秘書露出一副為難的神色，不敢答話，不時往門口偷覷的模樣像是在等著什麼人到來似的。徐翰烈才剛察覺到一絲可疑的跡象，連敲門聲都沒有，病房的門突然被打開。會如此失禮地找上門來的人沒幾個，現在闖進病房裡這位的正是其中之一。

徐朱媛彷彿是前來找麻煩似地大步走近，不爽地睇了朝她鞠躬的楊秘書一眼之後，惡狠狠的目光馬上射向了徐翰烈。

「現在是怎麼樣？」

質問的嗓音並不尖銳，反倒更顯得冷厲。

「什麼怎麼樣，就早上起來有點心悸的症狀，所以來醫院看一下而已，妳不是應該已經聽醫生報告過了嗎？」

徐翰烈一副這沒什麼大不了的模樣，低頭看著平板。正如他所料，徐朱媛在過來找他之前已經先去見過了他的主治醫生。醫生是說檢查結果並沒有發現什麼異樣的徵兆，然而她卻沒有因此感到放心，除了定期的追蹤檢查之外，這是徐翰烈近年來第一次自己主動來到醫院。

「用不著這樣看我，是因為最近工作量比較大才會這樣。」

「那種工作有什麼好值得你這樣整個人一頭栽進去？」

「這樣講太過分了吧，不能因為我們公司規模小就瞧不起它啊？」

「那是什麼正規的事業嗎？明明就是你居心叵測在亂搞吧？」

「憑什麼說我在亂搞？」

「白尚熙。」

如此犀利的指責終於讓一直嘻皮笑臉的徐翰烈抬起了頭。既然已經把話說出口，徐朱媛乾脆直接向他盤問了起來。

「你就說吧。」

「說什麼？」

「你會開始搞那個不成體統的事業，就是因為他嗎？」

「妳到底是怎麼思考的能夠得出這種結論？那傢伙算哪根蔥啊？」

「對啊，他到底算什麼東西值得你幫他幫到這個地步？」

「我幫他什麼了？」

「那些還需要我說嗎？」

徐朱媛窮追不捨地對徐翰烈發出譴責。徐翰烈於是忿忿地看向了楊秘書。徐朱媛抓住他下巴，把他的臉轉回來面對著自己。

「你是打算怎樣啊？」

「沒有什麼打算。」

「沒打算，你是什麼慈善企業家嗎？」

白尚熙和徐朱媛都這麼問，問徐翰烈是不是在做慈善事業的。這個問題暗諷著徐翰烈是絕對不可能會和什麼慈善事業扯上邊。他嗤地冷笑了一聲，輕握徐朱媛的手腕，把她的手給拉了下來。

「……沒錯，我是在亂搞，我想要當一次那個傢伙的甲方老闆。」

徐朱媛蹙起了眉頭。她長嘆一聲，正想說點什麼，卻被徐翰烈搶先了一步。

「但是工作本身可沒有在開玩笑的，既然都開始了，我也打算好好努力一番，總是被人家說我拿資金在玩扮家家酒也是會很不服氣的啊。如果沒有半點成果，那確實像是在亂搞，但要是真的有做出什麼成績來就不一樣了吧？」

徐朱媛盯著徐翰烈看了一會，大大吐了一口氣。面對著那張蒼白的臉蛋，實在是無法再繼續對他發火。

「你幹嘛都不回家？」

「工作結束的時間不太固定，家裡又不是只有我自己一個，不喜歡進進出出時還得看人臉色。老頭不是都七早八早就要休息了嘛。」

「你什麼時候還看過別人臉色了？」

「我看過的好不好。」

聽見他語氣耍賴的反駁，徐朱媛露出了莫可奈何的笑容來。滿腔怒氣的雙眼霎時浮現出一絲擔憂和不捨。

「再怎麼樣，昨晚也該回來一趟，你忘了昨天是什麼日子了嗎？」

「嗯，我知道，要持續到何時為止？」

徐翰烈抬起頭來望著他姊姊。

「嗯？要一直那樣到什麼時候呢？」

「徐翰烈。」

「每年都得這樣遭受同情，承受那些尷尬彆扭的目光，真的有夠讓人不舒服的。有時候真希望能有個時效限制就好了。」

徐朱媛撥了一下頭髮，深深嘆氣，看起來是極度需要來根香菸的臉。不用想也知道，她一定是一聽到徐翰烈的消息就推遲了忙碌的工作直接趕來的。不僅是為了公司著想，徐翰烈也不想再繼續維持這種微妙的氣氛。

「我想休息了，昨晚整夜沒睡。徐社長也很多事情要忙吧，妳可以走了。」

徐翰烈裝出面容疲倦的樣子，一邊推著徐朱媛的背。低頭看著他的徐朱媛露出相當複雜的神情。

「有事的話再聯繫我，拜託你好好照顧他了。」

她對著楊秘書嚴肅地交待，隨後也叮囑著徐翰烈。

「你也不要太勉強自己，再怎麼忙偶爾也要回家看看，爺爺很擔心你。」

徐翰烈像個聽話的孩子點了點頭。徐朱媛一臉不放心地瞥了他一眼才離開了病房。門剛關上，就聽見她處理公事的通話聲響起，然後逐漸地遠去。

不速之客退場之後，病房裡頓時鴉雀無聲。徐翰烈直接一鼓作氣拔掉了手背上的點滴針頭。在一旁看著的楊秘書不禁被他嚇得縮肩，根本都來不及阻止。徐翰烈就這樣下了病床，站立在楊秘書面前，只見他忽然朝楊秘書的臉伸出了手。楊秘書整個人僵在原地，然而徐翰烈的手並沒有觸碰到他，只是取下了他臉上的眼鏡。

「你怎麼不直接一併告訴她我是在跟男人上床結果搞成這副德性的啊？」

徐翰烈把眼鏡拿在手上翻來倒去，陰森森地挖苦著。楊秘書緊抿著唇。徐翰烈斜著眼在他身上逐一打量。與此同時，眼鏡的一邊鏡腳在他手中彎曲了起來。

「我要是出了什麼意外，到時候就要靠徐社長收拾善後了，所以你現在是怎樣？她派來的奸細嗎？我的一舉一動全都要報告給她知道？」

「非常抱歉。」

話剛說完，眼鏡的鏡腳隨著一聲小小的破裂音，被徐翰烈折成了兩半。楊秘書的肩膀也微微地震了一下。

「原來我們的楊秘書，到現在還不瞭解徐朱媛的為人啊。」

徐翰烈壓低了嗓音嘀咕著，把少了一隻腳的眼鏡重新戴回楊秘書臉上，趁著這時候還替他調整了下略為不平整的領帶和外套。楊秘書透過歪斜的眼鏡看出去的那張臉孔上沒有任何的表情。

「你可別搞錯了，我要是真出了什麼事，到時你就得死在徐社長手裡了，所以說，我們還是好好地對待彼此吧。」

徐翰烈露出一個極度和藹可親的笑容，反而顯得更加地詭異。

06

Sugar Taste

SUGAR
BLUES

無止盡的待機狀態持續了一整天，白尚熙不管怎麼等就是等不到要開始拍攝的通知。中導演時而仰頭望天，擺出一副不滿的表情，一下子又不知道消失去了哪裡。工作人員們也像是都習慣了一樣，一邊各自忙著自己的事一邊等待著開拍。

最後等到太陽都西沉了，雨還是沒落下來。獨自在拍攝現場東奔西走的副導演小心翼翼地敲了敲保母車。一開車門，就看到他一臉困擾的模樣。

「今天應該是沒辦法開拍了，還是先回宿舍休息，我會再跟你們聯絡。」

「喔，這也是沒辦法的事。」

姜室長無奈地笑了笑，發動了車子引擎。

白尚熙自然是知道中導演有多敏感挑剔。雖然劇本圍讀那時，中導演只是安靜地坐著，沒有給予什麼特別的建議和指導，但不代表在現場的他也會是如此。根據印雅羅的透漏，在拍攝現場的中導演會比任何時候都要來得犀利難搞，就連長期和他合作的工作人員也都會繃緊神經。只要有那麼一點點不合心意的部分，他絕不會輕易地放過。認識中導演的人都曾關切地表示，要想配合導演那副脾氣，真的不是件容易的事。再加上他本來就對白尚熙不甚滿意，打從一開始就註定了前路的艱辛。事情不可能十全十美。這個世間的道理本就是如此。

開了大約十分鐘左右，車子抵達在一間號稱是飯店但卻簡陋不堪的宿舍前，似乎是棟老舊旅館改裝的建築。儘管姜室長自己也對於內部設施的破舊程度感到瞠目結舌，仍是努力地安慰白尚熙說我們就忍耐個幾天吧。

白尚熙倒是一臉的不在乎。即使老舊的床鋪落漆斑駁，寢具不知多久沒清洗過，天花板的各個角落還都長滿了蜘蛛網，相較於小時候一家四口住過的那個小房間，這裡也不至於那麼糟糕。

隔天，白尚熙也是清晨就前往拍攝處待機，然而等了又等的雨還是沒下，申導演也不願接受副導演提出要用灑水車的建議。就這樣一天過去，又過了一天，拍攝進度仍是一無所獲。回去宿舍的車子上，姜室長終究是忍不住開始大發牢騷。

「不是啊，他這樣真的太過分了，我們又不是天天去那裡受罰的，既然都把人找去了，該拍的就拍一拍，如果覺得拍不了的話，乾脆就別叫我們去了嘛！沒有天然的雨就要用灑水車啊，為何不用咧？現在又不是什麼農業時代，是要望天祈雨舉行祈雨儀式嗎？他以為當個導演就他說了算？是什麼曠世奇才駕到了是吧？」

「你應該在導演面前說給他聽啊，氣憤成這樣，是怎麼忍下來的啊？」

和激動的姜室長不同，白尚熙始終安然自若。他每天都在太陽出來前就趕至現場預備，幾乎所有時間都被困在車子裡也毫無半句怨言，只是悠哉地翻閱著那本看了數遍已經快要倒背如流的劇本。

「你這小子，現在還有心情開玩笑？什麼事都沒做，整天就一直在休息所以很開心是嗎？」

「就算在這邊忿忿不平的也不能改變什麼啊。」

「我是嚥不下這口氣啊！就因為我們老是在一旁默不作聲，他把我們當成草包了是吧？我們到底是做錯了什麼需要遭受這種對待？他根本就是打定了主意要折磨人，就像是在問說，被欺負成這樣你也願意繼續做嗎？根本是在測試你的底線嘛！」

「不會吧，導演真有那麼閒？」

「什麼不會。」

姜室長的猜測也有可能是對的。申導演既然迫不得已地接受了一個他不想要的演員，或許這就是他對演員下馬威的方式。即便真是如此，那也無所謂。無所事事確實非常無聊，一直待機下去也不是辦法，但是漫長的等待終有一天會迎來結束。

「就算真是那樣也再忍耐一下吧，反正拍攝日程繼續延遲下去，最該著急的人是他們才對。」

白尚熙反過來安撫姜室長，向他提議說回程的路上可以買些啤酒，鼓舞他低落的心情。

白尚熙喝了三罐啤酒之後就去睡了。睡夢之中，依稀聽見了雨點敲打窗戶的聲音。零零星星的雨絲不知不覺變成了滂沱大雨，吵醒了熟睡的白尚熙。他猛然掀開眼簾，這才發現叫醒自己的不光是外面的大雨聲，還有手機的振動音。他環顧周圍，在旁邊睡得不省人事的姜室長手機正在狠狠地振動著。

「室長，電話。」

他搖晃著沉睡中的姜室長，把他叫醒。姜室長半夢半醒地拿起手機，白尚熙在這時先去開了窗戶。由於窗框生鏽的關係，窗門緊得只能打開一半。

雨勢大到即使在一片黑暗之中也能清楚地看到如水柱般的雨水。

「……吼唷，真的是，花招百出啊。」

講完電話，姜室長忽然不爽地罵了一句。白尚熙疑惑地回頭看他。

「是什麼事？」

「說現在要開拍了。」

「現在？」

白尚熙的視線朝向牆上的舊時鐘看去，佈滿厚厚一層灰塵的時鐘正指向凌晨三點二十分。

往返於拍攝現場的工作人員動作相當忙碌。他們身上厚實的雨衣被雨水淋得閃閃發亮。攝影機也裹了好幾層的防水塑膠套，正在準備進行拍攝。雖然搭了一個臨時的遮雨棚，傾盆的雨水還是不停地打進來。申導演沒注意到自己的褲管都已經溼透，正在專注地檢查著分鏡表。見白尚熙人來了，他便直指著鏡頭前方要他過去，沒做其他任何說明。

率先拍攝的是「俊英」入侵被害家庭住宅的場景。進入畫面裡的只有白尚熙穿著雨衣的背影。儘管需要一點點的動作戲，劇組並沒有安排什麼替身。除了因為申導演不願意之外，實際上也幾乎很難找得到跟白尚熙體型差不多的特技替身演員。這一幕戲並不困難。照著劇本中所寫的，白尚熙要做的就是伸手撫過牆上的防盜欄杆，然後踩在一個特別禿鈍的地方翻進去牆內就可以了。因為沒有要拍特寫鏡頭，不需要面部表情的演技。白尚熙對於動作方面的表現還是頗有自信的，而實際上呈現出來的動態也相當敏捷俐落。

但是就這麼短短一個場景，申導演卻重拍了好幾次。他也不說明白到底是對哪裡不滿意，或是想要的是哪一種感覺，就只是一遍又一遍的說著「重來一次」。

白尚熙的內衣褲都已溼透，由於沒有時間讓他一一更換，他也只能忍受著不適繼續投入拍攝。後來實在是淋了太多的雨，他的瞳孔充血發紅，嘴唇也泛著青紫。十根手指頭全都被雨水泡得皺巴巴的。申導演終於在這時候發出了OK的指令。

「大半夜的到底在折騰什麼啊，真是。」

姜室長依序用毛巾和毯子蓋在正在脫衣服的白尚熙身上，替他到處揉按著身體。雖然是夏天，白尚熙還是冷到全身顫抖。

「辛苦了，接著立刻會開始拍攝室內的場景，在準備好之前請先暫時稍待一下。」

副導演一邊請求著他們諒解，同時也告知了接續拍攝的消息。這是等了三天好不容易終於開始的拍攝，要是今天沒有拍到足夠的份量，下次不知道還要待機到什麼時候。白尚熙順從地回答說「我知道了」，然後朝保母車走去。

他一上車就先開了暖氣。姜室長無奈地搖著頭，感嘆這下連在六月吹暖氣的這種稀奇古怪的事都幹過了。白尚熙在他面前大大方方地裸著身子，讓溫暖的風吹乾潮濕的身軀。

「沒有拍到臉部表情也沒有一句台詞的戲都要拍上這麼多遍，太陽出來之前真的能拍完嗎？」

「不管怎樣還是要拍完的吧。」

「那也要那位挑剔的先生願意OK才行哪。」

「室長在不久之前不是還很高興我能接到這部電影嗎？」

「我哪知道他會這樣糟蹋人啊？」

「你不知道？」

聽見白尚熙故意套他話，姜室長乾咳了兩聲，閃避著眼神。連白尚熙都知道的事，姜室長當然不可能不清楚。他也十分明白，在期盼著重新復出的這種時候不能還想要挑三揀四。他只是體諒白尚熙現在必須放下一切身段或自尊心的心情，想要代替他出一口氣而已。白尚熙嗤地笑了一下，「算了吧」他說。

「現在才正要開始呢，怎麼能叫苦連天的？看來我不在的期間，你去帶那些小鮮肉的時候是不是養成了把藝人捧在手掌心伺候的習慣？」

「我會這麼做也只是想幫我的演員撐腰打氣嘛。嘖，是啦，新人時期就算花錢也要買苦來吃，更何況是有過爭議的演員，是不是？他越是整你你就要越堅強地堅持下去才行。」

白尚熙緩緩點頭，用乾毛巾拭乾身上的水氣和一頭的溼髮。姜室長看了看，對他說「給我吧」，細心地幫忙擦著他沒擦到的地方。

不久之後，導演組的工作人員過來敲了敲車窗，「請準備」的聲音幾乎被淹沒在大雨聲之中。白尚熙重新套上了脫在一旁的雨衣，毫不猶豫地走進了大雨裡。好不容易烘乾的衣服在一瞬間再度溼透。

來接白尚熙的工作人員把他帶進了屋子裡，申導演正在細微地調整著攝影機的角度。由於是在狹窄的屋內拍攝，盡可能地減少了要使用的攝影設備，申導演或許是擔心因此無法呈現想要的畫面，露出了一絲焦躁不安的神色。副導演則是忙著向飾演被害者一家的演員們反覆說明他們的動線。

白尚熙暫時站在一旁等待，造型組的工作人員前來替他整理被雨水打亂的頭髮。沒想到忽然被申導演提高聲調喊了一句「你在幹什麼」，工作人員嚇得手一抖，趕緊從白尚熙身旁退了開來。

「池建梧先生，別還想著要帥帥地出現在我的電影裡，我們拍的又不是畫報，對不對？」

申導演當場表露出不滿的神色來，儘管剛才根本不是白尚熙自己要求造型組替他整理的。這種行為可以說是欺生，也可以說他是在氣勢上較勁或下馬威。然而在這個照理說應該要面紅耳赤的情況下，白尚熙卻一臉若無其事地答著「我知道了」。一旁心驚膽跳的工作人員們聽了暗暗倒抽一口氣。

「就像先前說的，這一幕要拍一鏡到底的長鏡頭，好好確認你的走位動線。」

「好的。」

申導演隨手塞給他一張房子內部格局圖便回到了自己的位置，對於演技如何詮釋或是動作如何表現這些細節沒有半句的交待。乍看他似乎很尊重演員的想法，但對於沒有具備足夠經驗的演員來說，很容易因此感到慌亂無措。演員變成必須在不知道問題出在哪裡的情況下不斷地磨戲，直到拍出導演想要的畫面為止。像接下來要拍的這場戲，沒有台詞，就只靠人物的表情或動作來演繹，算是更高層級的表演。

這一幕是「俊英」闖入屋內後，要一個接著一個殺害這一家人。「俊英」正大光明地按下了事先調查好的門鎖密碼，直接開門進入，接連殺死了正在看電視的夫妻兩人，又殺了出來客廳查看動靜聲的女兒，然後泰然自若地坐在沙發看電視，一邊等著他們的兒子回家。縱然以練習的名義殘忍地踐踏了一個與自己無關的家庭，「俊英」卻未曾有過一絲一毫的猶豫。

白尚熙還在回想著劇本上的內容和走位，道具組的忽然交給他一把斧頭。他楞楞地盯著斧頭看了一下，隨後把它穩穩握在了手中。剛好就在此時，副導演退出鏡頭之外，大聲地喊道：

「要開始拍攝了！第五場，take one！」

隨著副導演做出開拍的提醒手勢，現場安靜了下來。彷彿像安排好的，玄關大門外正巧響起了一道雷聲。砸落在雨衣上的點點雨水在地板上逐漸凝聚，部分雨水則是打溼了臉龐，滴落在眼瞼上。

「這個時間應該不會有人啊……是敏赫提早回來了嗎？」

男人聽到了玄關處的動靜聲，正當他毫無戒心地出來查看時，猛然撞見白尚熙，被他給嚇了一跳。白尚熙悄然抬起了頭和他對視，用一種古怪的眼神。明明是個即將大開殺戒的人，他的眼裡卻感覺不出半點殺氣，一派的平靜而麻木。

感覺到不對勁的男人還僵立在原地，白尚熙已經從容地走了進來，對著急欲逃跑的男人毫不客氣地揮動著手上的凶器。男人一邊發出慘叫，跌倒在地，匍匐逃跑的動作過於緩慢，一下子就被大步走來的白尚熙給追上。白尚熙對著那張佈滿絕望的臉砍了又砍，男人抽搐的身體漸漸地沒有了動靜。

「呀啊啊啊啊！」

只見男人的妻子驚愕地跌坐在白尚熙的身後。她面色煞白，渾身抖如篩糠。白尚熙正想朝她走去，被還剩最後一口氣的男人一把抓住了腳踝。白尚熙用腳推開男人的肩膀，擺脫他的箝制，走向了飾演男人妻子的演員。女人一邊哭，手上還抓著手機，白尚熙朝她後腦杓一刀砍下，輸入了119的手機於是摔落在地。

白尚熙機械式地揮砍著凶器，直到為了活命拚死掙扎的女人完全安靜下來為止。雨水摻雜著汗水，從面無表情的臉龐上流了下來。

「……唔！」

白尚熙因突如其來的聲響驟然轉身，飾演夫妻女兒的演員正僵硬地站在那裡。她一臉惶然，連尖叫聲都發不出來，只是一個勁地流著淚。就在白尚熙正要走上前去的瞬間，凶器不小心從被雨水浸濕的手中滑落。哐啷聲充斥在一片寂靜的空間裡。有那麼一瞬間，彷彿能感覺到攝影機後頭的工作人員們倒抽了一口氣。一般來說，在這種突發情況下，導演應該會立刻喊卡才是。

然而，預期的喊卡聲沒有響起。白尚熙並沒有撿起掉落的斧頭，而是慢慢地朝著充滿恐懼的女兒演員走去。他不按牌理出牌的臨場反應讓演對手戲的演員一時難掩心中的困惑之意，遲疑地退後著腳步。很快地，她的後背碰到了牆壁。白尚熙持續逼近，一直走到了她的面前才終於止步，然後緩緩地俯身與她對視。飾演女兒的演員害怕地張大雙眼，喘個不停。白尚熙抬手摀住了她的鼻子和嘴巴，盈著淚水的大眼掉下淚來，濕濡了白尚熙的手背。他「噓」了一聲，輕哄著嚇壞了的女演員。隨著所有噪音瞬間蒸發，緊張感昇到了最高點。

對方發出了微弱的嗚咽聲，在無法呼吸的情況下痛苦掙扎，踹踢著無辜的地板，最後身體在不知不覺間垂落而下。白尚熙這才放開手，移動腳步邁向了凶器掉落的方向。他彎腰重新拾起那把凶器的動作是那麼地漫不經心、神態從容。

「……」

殺害了一家子的白尚熙在屋子裡環視了一圈。窗外閃亮了一瞬，又打了聲雷。他用

手背抹掉下顎處凝結的雨水，走到沙發那裡坐了下來。那雙看著電視的眼睛是極度的無動於衷。

這時，混濁的咳嗽聲響起。白尚熙循聲向自己的腳踝處望去。扮演妻子角色的演員在臨死之際，艱辛地張開了唇瓣。

「……為什麼？」

她望著重新拿起凶器站起來的白尚熙，細微的呼吸聲中挾帶著濃濃的哭腔。

「對不起。」

結束女人生命時脫口的台詞十分諷刺。白尚熙的聲音和語調不顯得陰沉，聽起來反而平穩得有如在打招呼，感覺也有點像機械聲一般單調。女人再沒有任何的動作，儘管如此，白尚熙又補砍了她一刀，嘀咕著剩下的台詞：

「我一定會接受懲罰的。」

語畢，沉重無比的寂靜降臨，四周安靜到連雨點打在窗戶上的聲音都一清二楚。此時工作人員紛紛將視線投向了中導演。

「卡！」

不知道什麼原因，中導演盯著螢幕看了好半天，才喊出了卡聲。倒在地上宛如死去的演員們一個個爬起身。白尚熙朝著飾演到最後一刻的妻子演員伸出手，對方欣然地拉著他的手站了起來。因為那段沒有事先說好的即興表演，他接著向扮演女兒一角的演員道歉。對方也笑笑地回說沒關係，說這樣演起來反而自然，感覺很不錯。在這樣溫馨的氛圍之中，就只有申導演持續不置一詞。

「總之先重來一次。」

申導演似是有什麼不滿，連連搖頭，下了重拍的指示。工作人員們不禁發出了失望的嘆息，疲憊的身體動作顯得有些拖拉。

「重新來一遍！」

副導演大吼了一聲，讓全場都能聽見指示。等待著申導演講評的白尚熙和其他演員，在不知道究竟是哪個地方不對的情況下，只得各自回到了自己的位置。要替換濕漉漉的衣服，還得將凌亂的現場恢復原狀，造型組、美術組還有道具組的工作人員們忙碌地動作了起來。

在現場準備的期間，申導演一遍又一遍地反覆觀看著拍攝片段。

「等一下重拍的時候，從這個場景固定住鏡頭的位置……這邊這一 cut 和另外這個 cut 先拿掉，之後再用特寫……」

正在確認補拍部分和修正事項的申導演忽然一轉頭，白尚熙不知道什麼時候湊過來的，也在觀看著播放中的影像。一般情況，導演會帶頭邀演員們一起確認拍攝片段，同時提出詳細的指示和要求。但是申導演什麼話也沒說。聽到副導演過來表示他已經預備好了，申導演看都不看白尚熙一眼，只對他說了句「該去準備了」。

現場有條不紊地重新擺設完成，響起了開拍的指令聲。白尚熙再次返回到「俊英」的角色裡，和之前一樣，肆無忌憚地對著陷入恐怖情緒的人物們砍下了斧頭。就像是在屠殺著遊戲當中被標示為敵人的那些角色一般，也如同許久前的那一天，為了把自己的母親叫出來而朝著徐翰烈揮舞拳頭一樣。這是一個完全以目的為導向，將情緒徹底排除在外的行為。

「……我甘願接受懲罰。」

「卡！」

白尚熙剛說完最後一句台詞就即刻被喊了卡。他因為過於投入不小心改動了一點台詞，但申導演對於這部分並沒有提出指責，只是眉間的皺紋頓時變得更加深邃。白尚熙緩慢起身，轉身看向了申導演。即便相互注視著，申導演也無法抹去他臉上帶著某種疑懼的僵硬神情。

「導演？」

見申導演長時間緘默，副導演試著喚了一聲，吸引他的注意，申導演此刻才猛然回神，又莫名搖了搖頭，接著開口道：

「好。」

「……咦？不用再拍一次沒關係嗎？」

中導演沒說話，點點頭表示不用。隨後一臉嚴肅地再次確認著拍攝的片段，獨自沈浸在一個人的世界中。

「OK！」

副導演於是代他向全場大喊了一聲。僅僅兩次拍攝就順利地通過，讓漫長的等待頓時變得微不足道了起來。工作人員們呆了一瞬，現場爭先恐後地響起了互道著「辛苦了」的聲音。

✳

『翰烈真的跟媽媽有夠像的。』

每個見了他的人幾乎都要來上這麼一句客套話，臉上還掛著憐憫不已的表情。

徐翰烈沒有什麼關於母親的記憶。尤其長大之後更是想不太起來她的長相。

有幾次徐朱媛給他看照片，他也不過在心裡想著「原來是長這樣啊」，只剩一個模模糊糊的印象留在腦海裡。

在他記憶之中的母親總是待在家裡，甚至幾乎不曾離開她自己的房間。擁抱著年幼兒子的身體是如此孱弱，兩隻手臂沒有半點力量。徐翰烈如果把鼻子湊近了去聞，母親身上只有淡淡的消毒水味道。母親偶爾外出都要隔個好幾天或是好幾週才會回來，徐翰烈一直到後來才知道是她是進了醫院。

等到她好不容易回家的日子，徐翰烈總會不顧長輩們說要讓媽媽安靜休養的叮嚀，一股腦地鑽進她的被窩裡。他喜歡母親開心見到自己時說的那句「我兒子來啦」，儘管她幾乎連睜開眼的力氣都沒有。他會緊緊抱著母親消瘦的身子，伴著她搖籃曲般微弱的心跳聲入睡。

回想起來，徐翰烈和徐朱媛過去的關係並不那麼好。說得更準確一點，是徐朱媛對於徐翰烈的存在感到排斥。或許是因為徐會長的偏心，也可能是因為母親生了弟弟之後病情急遽惡化的緣故。

徐翰烈是在徐朱媛滿十二歲的那年出生的。過去時常外出散步，也會做點家事的母親從那時起開始無法下床活動。而大多數的日子裡，父親都是不在家的。即便如此，表現得獨立自主的徐朱媛卻得不到徐會長完整的關愛。畢竟性別是與生俱來的無法改變，為了克服這一點，為了獲得足夠的認可，為了能受到疼愛，她不斷地付出努力。

沒想到，她卻在這時多了一個弟弟，這是與從前平靜的生活唯一不同之處。然而，就因為這個小小的變化，身為她唯一支柱的母親倒了下去，就連盼望已久的爺爺的關愛也被奪走。儘管對方是血脈相連的親弟弟，她還是萌生了不甘心的情緒。

徐朱媛在即將升上國中的時候，自己主動要求要去讀私立的寄宿學校。她一個月只回家兩次，每次回來，大部分時間也都待在母親的房間裡，所以徐翰烈只有在全家團聚吃飯的時候才能見到他姊姊。就算在聚餐的場合，徐朱媛也只是顧著回答著徐會長的提問，對於弟弟絲毫不予理睬。

母親是在徐翰烈上小學的時候去世的。那一天對他來說倒是恍如昨日般記憶猶新。

母親從一早開始就特別有精神，難得走出了臥房，監督著打掃和洗衣之類的家務，並精心挑選了菜單和搭配的餐酒。就連幾天前剛換過的窗簾和床單也全部更換成新的，還在客廳、廚房、房間各處的花瓶裡親自插上了鮮花。

母親渡過了從來不曾如此忙碌的一天，然後拿了好幾件衣服在徐翰烈身上比來比去，苦苦思索著到底要給他穿哪一套好。儘管做了這麼多事情，她卻不見半分倦意，兩頰甚至帶著微微的紅潤，看上去比平時健康許多。

看到徐翰烈一臉的訝異，母親露出微赧的笑容，把他緊緊摟入懷裡，向他透露了父親就快回來的消息。徐翰烈能感覺到母親胸口傳來清楚鮮明的心跳聲，也記得她那充滿著期待，靜悄悄的呼吸聲。

對於徐翰烈來說，父親的到來不是什麼特別的大事，父親的存在只是種觀念上的認知。因為大家都說這個人就是爸爸，所以他接受了這個人是自己父親的事實。

父親老是在徐翰烈快要忘卻他的樣貌時才久久現身一次，但徐翰烈始終不曾想念或是怨恨他。他們的關係就是如此疏離。

那天晚上，徐翰烈一起睡在母親的床上。半夜時分聽見母親輾轉反側的聲音，還一邊發出呻吟，讓他猛然驚醒，然而母親的動靜聲隨即又平息下來。他心裡想著，看來大人也是會做可怕的惡夢，不甚在意地閉上了眼睛。

可能因為昨天過於勞累，母親睡得比平常還要晚。徐翰烈是在傭人進來叫她起床時醒過來的。喚了好幾聲的夫人卻都沒有任何回應，傭人歪著頭，小心翼翼地靠過來，輕輕搖了搖她的身體之後，臉色發白地癱坐了下去。

從那之後便是一陣混亂。徐翰烈在不明白原因的情況下被帶離開母親的臥室，無法再進去那裡。到了下午，不只是父親，包括姑姑和其他的親戚都陸續抵達。他們都用哀憐的眼神看著徐翰烈。徐會長罕見地沉浸在悲傷之中，不停地撫摸著徐翰烈的背部和頭頂。

母親家的某位親戚告訴一臉疑惑的徐翰烈說，以後再也見不到媽媽了。聽到徐翰烈天真地詢問媽媽是不是死了，對方濕了眼眶地點著頭。

當時還是軍校生的徐朱媛穿著制服出現在葬禮會場。儘管再多的弔唁者前來，她都站得直挺挺的，一滴眼淚都沒流下。外婆一邊哽咽，說她是擔心媽媽會放不下孩子而無法安心上路，才會如此狠心地打起精神強撐著，對徐朱媛感到無比心疼。但是看在徐翰烈的眼裡，她是如此的強大，堅強到不需要任何人的同情。

在送走了母親的回程路上，徐朱媛不知道在想些什麼，忽然牽起了她一直以來冷落著的，那個幼小弟弟的手。徐翰烈雖然用陌生的眼神望著她，卻沒有抽出被她緊握住的手。姊弟倆跟著親戚們一同回到了空蕩的家中。親戚中有人動作勤快地準備起飯菜，說「活著的人還是得繼續過日子不是嗎」。那些因母親的死而流淚或保持沉默的人們也開始嘰嘰喳喳地閒話家常。徐朱媛牽著徐翰烈進了失去主人的那間臥房。她在母親的房裡抱住了年幼的弟弟，哭得像是她的世界已全然崩塌。

徐朱媛對徐翰烈的態度從此有了轉變。只要是學校可以外出的日子，她都會盡可能地回來看弟弟，回不來的時候，一天總要確認好幾次弟弟的狀況。「我不會讓你像媽媽那樣離開的。」這句承諾徐翰烈不知道聽她講了多少遍。

徐翰烈和自己母親相像的不是只有外表而已。不知幾歲開始，他只要稍微跑一下就覺得喘，就連乖乖躺在床上時心臟也會不舒服地亂跳，偶爾還會忽然莫名地昏厥。隨著症狀益發頻繁，徐翰烈也開始像他媽媽一樣在醫院進出。

醫生說徐翰烈的心臟肌肉先天性畸形，這是一種難以治療的疾病，尚未研究出有效的治療方法，據說必須一輩子吃藥，小心地調養身體。藥物沒有治療的效果，只能盡量維持心臟的機能，使其不會突然停止跳動。

這是母親家族的遺傳性疾病。母親也是一出生就罹患了這種病，雖然過著依賴藥物維生的生活，但心臟終究是變得不堪使用。儘管她做了心臟移植的手術，手術的預後結果並不佳，更何況心臟移植手術也不是根治此一疾病的方法。移植後的心臟不過是暫時替代那顆無法繼續使用的心臟，再用十年仍是會變得不堪負荷，到時候就只能再換一顆新的，說起來，就是一種拖延生命的手段而已。

在母親過世之後，家人們對於徐翰烈的過度保護也變本加厲了起來。徐會長擔心來之不易的寶貝孫子會出意外，鎮日戰戰兢兢。改變了態度的徐朱媛也是，凡是和徐翰烈有關的事什麼都能為他破例。

小學畢業之後，徐翰烈便一直待在美國，那裡有優秀的心臟專門醫院，還有最厲害的心臟手術權威醫師。當然那不過是種心理上的安慰，因為徐翰烈的病在美國也仍處於臨床研究的階段，他並無法得到實質上的醫治。

徐翰烈從很久以前就認為自己會步上母親的後塵。這和那種被醫生判定存活年限有多久的人截然不同。要是有人能夠告訴他死去的時間大概是何時，他還可以乾脆地徹底斷了念想。儘管他還能如往常般享受著日常生活，他的心臟卻可能會在某天就忽然停止跳動，因此，對他來說，去構想建設性的未來是最沒有意義的一件事。若是為了將來的立場、處境、顏面這些東西而處處忍耐壓抑自己，哪天突然就這樣走了的話，豈不是滿冤枉可惜？

與其這樣，還不如隨性之所至地生活，完成眼前想做的事，好好去體驗想要享受的一切。在這個隨時可能劃上句點的人生裡，他不會受到任何限制。雖然不時會被胸悶心悸的症狀給折磨，偶爾也會昏倒，他朝不保夕的脆弱性命就這樣要斷不斷地延續了下去。

徐翰烈的第一個難關是在他人生的第十八個秋天來臨的。他並沒有做什麼超出身體負荷的激烈運動，也沒有過於疲倦操勞。前一天晚上他在差不多的時間入睡，如往常般地醒來，悠閒地吃完了早餐才出門。回想起來，當時的身體狀態似乎比平常還更為良好。

一到學校，就有群看他不順眼的同學過來找碴，徐翰烈就像平常那樣對那些人不理不睬地掠過。其中的一人拍了下徐翰烈的肩膀，他的胸部卻忽然在這時感受到一股強勁的壓迫。劇烈的痛楚讓徐翰烈全身僵硬，膝蓋彎曲，接著眼前一陣天旋地轉，周圍同學的臉孔彷彿在圍著他打轉。耳內暈眩不已，湧起一股作嘔的感覺，他沒多久就失去了意識。這是一次很嚴重的發作。

儘管意識尚未清醒，徐翰烈感覺自己似乎睡了很久。待他好不容易張開眼睛時，人應該在韓國的徐會長和徐朱媛正坐在他的面前。他們臉上的神情像是見到有人死而復生時的反應。聽說他昏迷了整整四天，中間一度心跳停止，醫生還替他做了心肺復甦術。

『我如果就這麼死了的話，那個人不就要變成殺人犯了。』

受不了這股沉重的氣氛，徐翰烈嗤嗤笑著開起了玩笑，但是在場的人都笑不出來。

對這個家族來說，由於先前一直沒有大礙而暫時忘卻的那份恐懼現在一下子成為了現實。徐會長立刻下令要把徐翰烈送回國。既然美國先進的醫療技術和該領域中最頂尖的人才也沒辦法治好他的孫子，那麼他也沒有理由再和這個令他心疼不已的骨肉分隔兩地。為了安全起見，他的計畫是讓徐翰烈利用在家自學的方式完成剩餘學業，也安排了一名急診醫學專家常駐家中，以因應他隨時發作的可能。

徐翰烈不喜歡被當作病人對待，應該說他不想像母親那樣，美其名是保護，卻被關在家裡直到死去。但是徐會長當時態度相當強硬，不顧徐翰烈的意思，強行結束了他在美國的生活。徐翰烈有好一段時間都過著除了活著以外了無生趣的乏味日子。

『爸有女人了。』

一切都準備就緒後，親自來接徐翰烈回去的徐朱媛突如其然地告知了這個消息。這件事聽起來就跟「早餐吃的是麥片」一樣地毫無新意、平淡無奇。然而徐翰烈無聊的心情並沒有持續太久，他很快地對附加的情報產生了興趣。

『我想到一個有趣的點子。』

徐翰烈當時所期待的不過是一時的好玩而已。希望這個點子能讓他註定無聊透頂的日常增添一絲趣味性。而他的這份期待，卻在後來遭到了完美的抹煞。

「代表？」

他在呼喚聲中睜開了眼。對方聲音不大，他還是不自覺地醒了過來。因為睫毛上掛著的汗珠，他逐漸清晰的視野是潮濕的。徐翰烈深吸了一口氣，抬起手背貼在他汗溼的額頭上。

他夢到了好久以前的事。不知從什麼時候開始，就算夢到了母親，她的面容也無法清楚地顯現出來。徐翰烈在夢裡也感受不到過往對母親依戀的情感，就這樣變得越來越模糊、變得朦朧、逐漸淡化，最終被完全地遺忘，彷彿一開始就不曾存在過一樣。人的死去，或某種存在的消逝，到頭來不就是這樣嗎？徐翰烈從不會因此而覺得悲傷或憂鬱，反正死亡是所有人都要經歷的事，只差在有的人早一點，有的人晚一些而已。只有那些熱愛生活的人才會害怕死亡，而徐翰烈，並不是那種人。

他挺直上身坐了起來。做了太多夢，感覺有睡跟沒睡一樣。楊秘書遞出一條浸過冷水的濕毛巾。

「您有哪裡不舒服嗎？」

「沒有。現在幾點了？」

「現在是八點鐘。」

「我睡太久了。」

徐翰烈把擦完汗的毛巾還給他之後瞥了一眼桌上的手機。楊秘書反應很快地幫他把手機給拿了過來。

「我準備一下就出去，你在外面等我吧。」

楊秘書接受了指示，點了下頭便離開了。徐翰烈等到關門的聲音響起後，在手機上按了按，給某人撥了個電話。撥號音響了幾聲之後，接起電話的人說著：「你好，我是姜在亨。」

「我是徐翰烈，昨晚你們那邊突然下了暴雨，不曉得現在拍攝情況如何？」

正在通話時，外面傳來一陣敲門聲。對方沒得到任何允許就直接打開了門。進來的人是白盈嬅。而姜室長仍在手機那頭連連訴苦，向徐翰烈報告著情況。徐翰烈做了一個要白盈嬅稍待的手勢，繼續專心講著電話。

「所以，池建梧他現在在做什麼？」

白盈嬅肯定都聽見了，卻是事不關己的無謂態度。她等徐翰烈掛掉電話後，用一副憂心忡忡的口吻問道：

「朱媛說要讓你多睡一點所以我才沒來叫你的，臉色怎麼看起來不太好，哪裡不舒服嗎？」

「我沒事，有事的好像是盈嬅小姐的兒子。」

白盈嬅聽了依然沒有特別的反應，只說著沒事就好，詢問起徐翰烈想吃什麼東西。每次提到她拋棄的孩子，她一律裝傻帶過。那會是什麼感覺呢？明明是生下自己的人，卻疏遠自己、當自己不存在這個世上。

「再怎麼樣他也是妳的親生骨肉，妳真的沒有感到一絲的不捨嗎？」

「你這又是怎麼了。」

「我是同意母愛並不是人人都有的天性啦，但盈嬅小姐不是個很體貼的人嗎？我身體不適的時候可以照顧我一整晚的人，為什麼對自己懷胎十月生下的兒子卻這麼無情？」

「你去盥洗吧，洗好來吃飯，我會先幫你準備好。」

白盈嬅對徐翰烈的疑問充耳不聞地背過身。徐翰烈似乎也不指望她會回答，順從地起身。

「怎麼辦啊，我們尚熙實在是太可憐了。」

他從白盈嬅身後經過時一邊誇張地怨歎道。見他的身影消失在浴室裡，白盈嬅便像什麼事都沒發生過地離開了房間。

✳

到了晚上，白尚熙一放鬆下來，身體就開始感到不適，頭重腳輕的，有些畏寒，感覺是感冒的前兆。應該是昨晚淋了太多雨的關係。

通常他只要稍微休息一下就好了。從小到大他都是這樣處理的。要是身體哪裡不舒服，就蓋著厚厚的被子蒙頭大睡，也不吃藥，乖乖在被子裡悶一整天，等憋出滿身的汗，病也好得差不多了。

但是姜室長表示感冒要趁有徵兆時及早治療，硬是把白尚熙帶去了醫院。只不過這裡所謂的醫院，比較接近診所的感覺。辦理掛號手續都是用書面手寫的形式，候診室裡僅放著兩把教會用的那種木頭長板凳。來看病的大部分都是上了年紀的當地居民。年過半百的護士親切地用伯父、伯母、叔叔這些稱謂和患者打招呼。白尚熙就這樣混入其中，默默地等待著叫號。

無論從年齡還是外表來判斷，他都是個明顯的外地人，人們忍不住對著他這個醒目的外地人偷偷打量，並不是因為認出他是誰的緣故。不帶先入之見的目光裡既無好感也沒有排斥之意。白尚熙雖然不會去在意旁人的視線，卻也因此感覺到一絲自在。

和候診冗長的等待時間相比，看診幾乎是瞬間就結束了。由於他有點傷風受寒的症狀，醫生先開了藥讓他回去吃，說要是症狀變嚴重了再過來看診。

白尚熙回到宿舍後稍微睡了一下。待他再次出發前往拍攝現場，已經是過了午餐時間的下午時分。在這裡往返了幾天，對於鄉下小鎮的街景已經開始感到熟悉。白尚熙無意識地數著街上陳舊的招牌，忽然開口道：

「徐代表呢？」

「嗯？徐代表？突然問他做什麼？」

「你不是每天都要跟他報告嗎？今天還沒通過電話吧？」

「啊，剛才早早就打過來了，問你第一場拍攝怎麼樣，我就跟他說因為天氣的關係，你大半夜就開始工作了。」

「……我不是問這個，你不是說他好像感冒了？」

「不曉得，聲音聽起來還是啞啞的，但是也不像真的生了病的樣子。我看他好像很想知道拍攝現場的情況，就告訴他你才拍兩次就過了，導演還挺滿意的樣子。」

「然後他回什麼？」

「他說你等於是本色出演，再演不好就說不過去了欸？那不就等於在罵你是個變態神經病嗎？」

白尚熙沒答話，忍不住笑了出來。

「你還笑。然後他又問你現在在幹嘛，我就老實地說了，說你淋了太多雨整個人快不行了。」

「何必跟他講這種事。」

「要讓他知道一下你的辛苦啊，自己默默地努力半天又有誰會曉得？」

「室長，你這陣子變了很多喔？」

「我是認清了現實。我現在才明白，實際的作為才更是重要。」

「徐代表那個人應該不吃這一套吧？」

「對啊，徐代表那種挑剔的個性，就算聽到別人撒嬌耍賴，他也絕對不會哼一聲的。之前還在強調說你現在是他的演員呢，結果聽你淋了雨身體不舒服之後，他卻說從最底層要往上爬當然沒那麼輕鬆，說你是自作自受咧？我說這個徐代表，是不是還因為以前的事對你懷恨在心啊？」

「有可能喔。」

白尚熙無關痛癢地回答著，把藥一把放進了嘴裡。姜室長看他也不配水就要硬吞，趕緊遞了瓶水過去。

「我一開始看他好像很關心你才會每天都在詢問你的情況，還覺得這樣挺好的，但是自從聽你說了你們以前的那些恩恩怨怨之後，我仔細想想，越覺得他像是在監視你的一舉一動。都不知道他是敵是友，怕自己一不小心會說錯話，害我都變得緊張兮兮的。」

「但你們好像越來越熟了嘛，都可以跟他抱怨訴苦了？」

「還不都是因為一直關在這種鳥不生蛋的鄉下地方，有點想念起都市的人來了……反正啊，以我們這些凡夫俗子的腦袋，根本搞不懂徐代表是在打什麼算盤，萬事還是小心為妙，不能再發生之前那種被人背後捅刀的事了。」

對於姜室長接著冒出來的叮囑，白尚熙沒有任何回應。他只是慢慢地把含在口中的水給咽了下去。

沒多久就到了拍攝現場。不曉得是不是剛吃完飯，劇組的工作人員們正到處來來去去。姜室長一下車，用力地吸了幾下鼻子。

「嗯？這是什麼？有一股好香的味道。」

正如他所說的，停車場附近瀰漫著陣陣濃郁香氣。轉頭一看，遠處正停著一台咖啡餐車，已經有好幾位工作人員排在餐車前領取了各自的咖啡離去。飲用前嗅聞著咖啡香的面孔個個愉快地舒展開來。姜室長說著「看來是有人請客啊」，毫不猶豫地朝餐車走去，因終於可以喝到像樣的咖啡而雀躍不已。

由於拍攝現場附近連一家普通的咖啡店都沒有，只找到一家在賣吐司三明治的有兼賣咖啡，但是喝起來跟便利商店賣的沖泡咖啡沒什麼兩樣。與之相反，餐車上裝載的機器設備和各式咖啡豆都讓人聯想到專業的咖啡店，一旁擺放的SCA證照證明了正在提供飲料的人員是經過認證合格的咖啡師，製作咖啡的一連串動作也是相當地流暢。

就在這時，接連經過身旁的音響導演和副導演突然出聲道謝。

「池建梧先生，謝謝你的咖啡。」

「我也會好好享用的，謝謝了。」

下意識點頭回禮的白尚熙隨後一臉疑惑地回頭看著兩人的背影。姜室長也是同樣的傻眼困惑。

「喔？」

過了半晌，姜室長低呼一聲，似乎是發現了什麼。杯套上的標誌看起來十分眼熟。畢竟SSIN娛樂有兩位演員同時出演這部作品，又是公司成立以來第一份正式的工作項目，這算是一種公司層級的人情禮數策略。由於白尚熙是目前SSIN娛樂唯一在場的演員，這份功勞自然而然地落在了他的頭上。

「是池建梧先生對吧？」

輪到白尚熙和姜室長在餐車前領取飲料時，咖啡師立即向他這麼確認。姜室長搶先代為答了是，咖啡師表示請他們稍等一下，之後端出了手工沖泡的蜜茶給白尚熙。紙杯裡隱隱散發出一股檸檬和生薑的香氣。

「……這是？」

「有人交待說要是池建梧先生來了，指定要讓你喝這個。」

咖啡師再次確認了一遍寫在旁邊的提醒，一邊如此答道。姜室長聽了轉過頭，傻楞楞地看著白尚熙。

「欸，徐代表這是哪門子的復仇方式啊？」

頓時讓人一併想起了練習室裡擺滿飲料的冰箱、一天之內修復好的天花板燈、椅子、還有相機什麼的。加上今天的應援咖啡車，甚至貼心地考慮到白尚熙身體狀態的這杯指定飲品。這一切細節並非巧合。

白尚熙忽然笑了起來。正可疑地看著手中咖啡的姜室長於是問他怎麼了，但是沒有得到他的回應。只見白尚熙加深了笑意，露出的微笑一舉抹去了原先憔悴的臉色。

「您吩咐的咖啡車已經在下午一點左右抵達拍攝現場。」

楊秘書接著表示，早上追加的特別要求事項也已順利達成。徐翰烈對他說了聲辛苦了，便進入會議室。提早在裡面等候的組長們從位子上起身向他鞠躬，徐翰烈逕直地走到了上位入座，然後簡單點了下頭，示意可以開始進行會議。

「最近收到了幾個池建梧先生的演出邀約，總共有三部作品。」

企劃組長開口的同時，一邊把收到的作品概要和劇本一一攤在了徐翰烈的面前。一部電影和兩部的電視劇。白尚熙目前在拍攝《引力》的事仍處於保密的狀態，因此這些作品等於是「宣告重新復出的演員」池建梧簽約之後收到的第一批戲約。

「首先，《新雪》這部作品是由《笨小孩》的導演金振英所執導的浪漫愛情電影。金導演從出道至今製作過許多以『陷入愛情的男人、窩囊男子們的愛情』為主題的作品。這次的作品也是在描繪一名人生坎坷的流氓男子所發生的愛情故事。」

徐翰烈的視線掃了一下《新雪》的作品概要。男人在非法討債的途中和一名因事故而半身癱瘓的女人重逢，兩人曾是高中同學，但在學生時代毫無交集。因為女人在學校是班級幹部又是模範生，和無家可歸的男人有著天壤之別，是個家境富裕的獨生女。女人在一次意外中失去了父母，變得負債累累，連未婚夫都將她拋棄。在青澀純真的時期曾心儀於女人的男人彷彿一夕回到了過去，在女人身邊出沒徘徊。

女人接受了男人那份耿直笨拙的情感，乍看之下應該是兩情相悅的美好結局。然而接下來才是真正故事的開始。男人無法打破自己既往的人生慣性，因此不停地傷害、背叛女人，反覆地分分合合。

雖然作品當中試圖刻意將那些行徑包裝成是男人表現愛情的笨拙方式，卻令人難以苟同。在徐翰烈看來，這個與廢物無異的男人是把自己唯一愛過，同時也是唯一愛過自己的女人親手推入了泥淖之中。

「……是搞笑片嗎？」

徐翰烈低聲嘀咕著，把作品概要啪地丟回桌上。

「組長你的看法如何？」

「我認為這部作品並不符合最近的趨勢，可能也因為背景是在鄉下的小城鎮，故事主線和敘事也較偏重在過去的片段，所以更有一種過時的感覺。」

「不要這種不痛不癢的評論，可以說得更直接明白一些。反正這裡就只有我們在，又不是說給製作方聽的，沒有必要顧忌什麼。你覺得這種東西能賣錢嗎？」

「坦白說這很難保證，就像我剛才說的，這部作品與現今趨勢相差甚遠，只是單從浪漫愛情類型來看的話，也不能斷定這部片一定不會賣座。從歷年累積的觀影人數來看，比起浪漫愛情喜劇，新派的悲情戲碼更具優勢。一個不懂什麼是真愛的男人回過頭來後悔不已的故事，已經可以稱之為經典題材，算是需求量滿大的類型。」

「那也要他有本事才行啊，一個沒錢又沒能力的廢物在那邊後悔半天，也只會被酸得更嚴重而已吧？」

徐翰烈繼續說道：

「還有，那個導演難道不知道池建梧長什麼樣嗎？是怎麼看的會想找他演一個卑微又沒人愛的流氓角色？」

這算是一種電影式的特許。讓一個怎麼看都帥氣到不行的演員去詮釋一個醜男。男人的角色就算不是白尚熙，肯定也會是由另一個好看的演員來飾演。外表上給人的好感多少彌補了一些情感上描寫的不足。要是一個執著渴求女人愛情的男人是一個帥氣的總裁，大多數的觀眾都會覺得這是一個具有魅力的角色。而遺憾的是，如果條件相反過來，情況則會完全不同。

徐翰烈毫不留情地將《新雪》撇至一旁。下一個作品是預計長達四十集的電視劇，講述了一個試圖為父親報仇的主角與各個幫助他的人們所發生的故事。

要讓白尚熙飾演的角色是主角報仇對象的兒子。他曾經是主角的好朋友，端正整齊的西裝之下卻埋藏著殘酷的本性，是個為了隱瞞父親的過錯而不擇手段的衣冠禽獸。看到這一段登場人物的介紹，徐翰烈倏地失笑。

「這些形象是什麼鬼。」

怎麼邀約的角色淨是一些暴力人物。徐翰烈把這一部也推去了旁邊。

「沒有必要特地站出來成為全民公敵是吧，最後一個是什麼？」

「最後一個作品是預計會拍三十二集的電視劇，帶有一點奇幻元素，是K公司主辦的劇本招募比賽得獎作品。聽說現在加入了一位知名作家，正在全面性地修改劇本當中。製作部分將由R公司負責，以明年春季進入節目編排為目標，計畫在十二月開始進行拍攝。假如按照計畫在三月份播出的話，相當於要進行三個月的事前製作。」

「這樣的話和《引力》的拍攝日程也不會有重疊的問題。」

徐翰烈一邊聽著說明一邊翻看著劇本。暫定名稱是《按照神的旨意》，從劇名就可以大概猜想到是偏向於幻想和神秘的類型。

女主角「溫婷」能夠看見他人的不幸，凡是與她擦身而過的人，未來即將遭遇的災厄，都會如同走馬燈一般掠過她眼前。她從小就因為這項天生的能力被指指點點，說她是被鬼附身，或是中了邪之類的，身邊的人也都逐一離她遠去。結果她高中也沒唸完，整天把自己關在家裡。就在某一天，無意間遇上了知名演員「祈源」的「溫婷」預見了他的死亡。無法見死不救的「溫婷」雖然成功地拯救了「祈源」，然而「祈源」的死亡卻非單純的意外，而是有心人士的謀害，因此他的性命也持續地遭受到威脅。

劇情概要描述兩名主角接二連三地化險為夷，同時追查著兇手的身份，暗示了終將順利擺脫死亡陰影的圓滿結局。就像大部分的韓國電視劇一樣，兩位主角之間當然也會萌生情愫。

人物介紹之中，「修皓」名字被特別標注了起來，但是對此一人物的敘述並不多。他是「祈源」同父異母的哥哥，也是「溫婷」有在投稿的網路漫畫創投公司的年輕經營者。而他正是最有可能想要陷害「祈源」的嫌疑人之一，並且似乎會和「溫婷」進而發展出一段三角關係。

「所以又是一個大壞蛋的角色嗎？」

「現在後半段的劇本還沒出來，所以也不敢保證最後發展會是如何，但據說在原著裡他並不是兇手。」

「那還要考慮什麼？在這三部作品裡，不管是劇情或是角色本身，應該都是這一部最好吧？不是說也不會重疊到電影的拍攝嗎？」

「那個……」

職員們互相看來看去、支吾其詞。徐翰烈用不解的眼神掃視著他們。片刻後，他的視線停佇在宣傳組長的身上。在他無聲的脅迫之下，對方不得不開了口：

「男主角『祈源』據說已決定是由尹羅元來飾演。」

徐翰烈聽了噗哧一笑。

「還真是有趣啊。」

怪不得戲約意外地多，無論是哪個傢伙都只是短視近利地想趁機佔人便宜而已。

經過好一陣子的沉默，企劃組長含蓄地確認徐翰烈的想法。

「要拒絕嗎？」

「為何？」

「咦？」

「不覺得很有看頭嗎？大打出手、粉絲相互叫囂吵得人盡皆知的兩個人卻出現在同一部作品裡，連我都已經開始興奮期待了，觀眾們難道不是嗎？」

「但是……」

「暫時先放著吧。」

尚未做出決定的徐翰烈臉上看起來莫名地愉悅。

或許是一開始就吃足了苦頭，感覺電影後續的拍攝相對地順利。當初由於選角問題本來就很緊湊的日程，在導演頑固的堅持之下又推遲了幾天的時間，最後總算是在預計的日期內順利開拍。

然而並非可以就此鬆懈下來的意思。結束了外地的拍攝之後，通常都會安排一次聚餐，但這次劇組約好了回到首爾再見面，各自忙著收拾行李。直到有時間喘口氣為止，每天都會是這種繁忙的日程。

總之，往返於拍攝現場和破舊宿舍的生活終於要結束了。其實白尚熙自己沒有覺得多糟，倒是姜室長比較嫌棄的樣子。他在回首爾的一路上都笑嘻嘻的，在中途的休息站還買了氣球和一堆玩具。

當初開始負責帶白尚熙的時候，姜在亨也還沒結婚。他在和白尚熙一起工作的這段期間結了婚，有了第一個孩子，在他得知老二是女生，拚命祈禱希望孩子長得像老婆的這些時刻，白尚熙也一直都在他身旁。他們也曾招待白尚熙來家裡坐坐，那時剛會說話的老大開口閉口叫著叔叔，還特別黏他，不知道如今再見面的話，孩子是否還會和他那麼親近。

自從兩年前出了事之後，白尚熙至今沒有和姜室長的家人見過面。除了沒有那種閒暇時間之外，他也沒有厚顏無恥到那個地步。當經紀公司宣佈與他解除合約時，姜室長毫不猶豫地遞出了辭職信。對於姜室長的家人來說，就為了那所謂的義氣，他們的一家之長在一夕之間丟了飯碗。雖然跳槽去別家經紀公司並非難事，但他努力累積建立起來的事業就因為白尚熙而一下子成為了不如沒有的一段履歷。那時孩子也都還小，家裡肯定少不了許多爭執。

從那時到現在，姜室長都沒有在白尚熙面前提過家人的事情。即便不小心脫口而出，姜室長也只會尷尬地笑笑帶過，而白尚熙也不會再過問什麼。他頂多偶爾瞄一眼姜室長手機桌布上的那些臉孔，就這樣而已。

「終於回首爾了，這趟真的辛苦啦。」

白尚熙正在看著後照鏡裡搖晃的吊墜型相框，姜室長的視線忽然向他投來。他沒有說話，就只是笑了笑回應。

「啊對了，公司要我們順便回去一趟。」

「為什麼？」

「好像要講關於行程的事情，我也是要回去聽了才知道。」

白尚熙欣然點頭，不假思索地應聲答應。據他所知，除了要訪問他關於重新復出之心情感想的採訪之外，沒有別的工作。公司已經說過在拍攝《引力》的期間不會替他安排其他的行程。

保母車很快地駛進了公司大樓。停好車進了電梯，白尚熙安靜的手機突然響了響。他直接掏出一看，收到一封新的未讀訊息。是楊秘書傳來的。

『請來總裁辦公室一趟，代表正在等您。』

白尚熙讀了訊息之後，立刻按下了五樓的按鈕。姜室長有些詫異。

「你要去見徐代表？」

「他叫我上去。」

「他是不是想要稱讚你一下？」

白尚熙直接把訊息秀給姜室長看，「真的欸。」姜室長咧嘴笑了起來。

「那又是什麼意思？」

「不管怎麼說你都辛苦地完成了一次的拍攝，沒有讓人漏氣不是嘛！」

「你不是才在說他好像要對我復仇嗎？」

「好歹你有在導演面前幫他掙回了面子，他總不會還找你麻煩吧？」

這時電梯抵達了三樓，姜室長一邊說「那你去吧」一邊拍拍白尚熙，先行出了電梯。

秘書室裡只剩楊秘書在。白尚熙才發覺已經來到了午餐時間。和白尚熙互相點了下頭，楊秘書便在緊閉的代表辦公室門前敲了敲，隨後進去通報池建梧先生到了的消息。

「讓他進來吧。」

白尚熙聽著辦公室裡傳出來的那道嗓音，總覺得不太真實。楊秘書馬上從裡面退了出來，跟白尚熙說請進，說完便回到了自己的座位。白尚熙沒有半點顧慮地開門入內。

徐翰烈正坐在沙發上吃著便當，儘管有人進來了他也不抬頭。白尚熙關上門，走到徐翰烈的對面坐了下來。徐翰烈的目光還停留在他的便當上，無精打采地用筷子不停撥弄著那些配菜。就算是強迫人吞一口苦藥恐怕也不會像他如此提不起興致。

「又是便當？」

「沒時間特地下樓，反正餐點內容是一樣的。」

兩人整整十多天未見，卻像昨天剛碰面似地進行著不熱絡的對話。徐翰烈不斷地嘗試夾起一顆滑不溜丟的醬黑豆。白尚熙的視線從那磨蹭了半天的筷子尖端挪到了徐翰烈的臉上。只見他連眉頭都蹙了起來，執意地攻略著那一顆豆子。

趁著徐翰烈較無防備之際，白尚熙放肆地轉動著眼瞳端詳對方身體的每一處。或許是時隔多日不見的關係，感覺他的臉龐包含下巴輪廓都變得更為清晰，不曉得是不是瘦了，他的頸子和袖口處露出來的一截手腕也比起之前更加纖細。那張臉蛋本來就沒什麼血色了，現在就連原本光滑的皮膚也顯得有些乾澀。

「聽說身體不太舒服？」

不知是不是白尚熙的錯覺，一直在折磨豆子的筷子前端好像停頓了一下。

「……你在說誰？」

「聽說你講電話的聲音有氣無力的，怎麼，是肚子痛了嗎？」

徐翰烈於是嗤地笑了下，一時僵硬的神情鬆了開來。他這時才抬起頭來和白尚熙對視，帶著滿臉的諷刺。

「那時候恣意妄為的是誰啊，現在才假惺惺地裝什麼關心？」

「不是你自找的嗎？」

「什麼？」

「你不是說我是你的狗？既然決定要收養狗崽子，就不要隨便讓他餓肚子啊。」

徐翰烈哈了一聲，做出一個荒謬無語的表情。

「雜種的小土狗要是肚子餓了的話當然是隨便撿地上的東西吃。」

「既然你要限制他的行動範圍，那就不該讓他愛上飼料的味道嘛。」

白尚熙一句也不肯退讓。徐翰烈不爽地瞪了他一會，放下筷子，背部慢慢地向後靠。

「聽說申宇才非常折磨人？」

「常有的事，沒什麼。」

「對啊，那種程度沒什麼的，白尚熙從以前就最會忍耐了不是嗎？」

又酸了他一句的徐翰烈把擺在旁邊的冊子給扔了過去。

「這什麼？」

「你的下一部作品。」

「不是說拍攝不會有重疊嗎？」

「不用擔心，會安排好讓你拍完現在這部電影之後再無縫接軌，反正殺青後到上映前還會有三四個月的空閒時間不是嗎？電視劇的製作方也說會先拍個七成左右的份量，剩下的部分就等到春天播出時再一邊拍攝，這樣的檔期安排再完美不過了。」

徐翰烈要他快拿起來看看似的，用下巴指了指冊子。白尚熙於是開始翻閱起那本《按照神的旨意》的劇本概要。

「男主角是尹羅元。」

他正在看著劇情大綱和人物介紹，徐翰烈陡然冒出了這麼一句。白尚熙登時抬眸看向他。

「你看過哪個拍電視劇的是為了搞藝術？每個製作方腦海裡想的都是增加話題性、

炒作收視率、抬高廣告單價然後要全部販售出去。炒作行銷的方式多多少少總是有它的效果。」

白尚熙並沒有回什麼話，只是慢條斯理地翻看著手上的劇本。

「怎樣，不想接嗎？」

徐翰烈仔細地留意著白尚熙臉上表情的變化。沒想到對方倏地抬頭，徐翰烈的視線閃避不及，一下子對上了他的眼。

「你也想知道嗎？」

「什麼東西？」

「我和尹羅元打起來的原因。」

徐翰烈有些無所謂地聳了下肩。

「一定是做了什麼欠揍的事才會挨揍的吧？」

他不甚在意地回答道，然後又啊了一聲，勾起嘴角。

「差點忘了，你是個會不分青紅皂白就對人動手的傢伙對吧？」

損人的話中還帶著刺。白尚熙噗地笑了笑，合起了手上的劇本。

「你叫我來就是為了這個？」

徐翰烈嗯了一聲，終於挾起一顆豆子放進嘴裡。他的嘴唇和下巴幾乎沒怎麼動，就已經嚼碎了豆子吞下。白尚熙耐心地瞅著他吃東西的模樣，再次問道：

「就這樣？」

這句話的語氣能夠輕易地讓人聽出他的弦外之音。徐翰烈抬眸看向白尚熙，但目光很快地就回到了筷子上。他伸出舌頭摩挲著豐厚的下唇，默不作聲地舔了一下又縮回去的動作，在白尚熙的眼裡宛如被放慢了速率。

「今天不做。」

徐翰烈令人失望的回答違背了那份期待。出神地看著他的白尚熙朝徐翰烈的臉伸出了手，徐翰烈看也沒看地便小力拍掉那隻想要觸碰他臉龐的手。

一旦開始要做的時候明明是那麼地主動積極，平常卻連一根手指頭都不給碰。

白尚熙隱約興奮起來的情緒低沉了下去。既然沒有別的事了，他也沒有理由好繼續待在這裡。他答了句「我知道了」，毫不遲疑地起身調頭要走，身後忽然傳來一道反常的聲音。

「我飯還沒吃完。」

白尚熙訝異地回過頭，徐翰烈依舊在注視著那份讓他提不起興致的便當，乍看似乎並不在意白尚熙的視線，然而停下的手卻保持著靜止狀態，沒有任何動作。那張毫無表情也沒出聲的臉蛋不知怎麼地看起來好像在生著悶氣。

白尚熙有些意外地揚起眉梢，重新回到了沙發坐下。他明明可以趁機調侃對方是個沒辦法自己一個人吃飯的大少爺，然而他卻什麼話都沒說。徐翰烈也是默默地吃著飯，沒有再多開口。

直到徐翰烈差不多吃完了他的便當，白尚熙仍是一直坐在那裡等他。徐翰烈安靜地放下了筷子，喝了點水漱口的時候，白尚熙才向他確認「都吃完了嗎？」

徐翰烈默不作聲地點完頭，白尚熙於是和他交換了一個吻。

✳

「今天也辛苦了，週末一定要好好休息啊。」

姜室長的臉上寫滿了疲憊。車子中控台上的時間正顯示著十一點五十分。從大清早開始的拍攝持續到現在才收工到家。

開拍至今過了四十多天，電影的拍攝進度已經過半。申導演拍片的特色是他會先盡可能快速集中地拍完，之後再去好好地補強需要修改的部分。儘管如此，他也不是一cut 一 cut 大致拍一拍就隨便通過的性格，拜他所賜，一起工作的人們都憔悴了不少。不但沒有給予足夠的休息日，還連續日以繼夜地加班超時工作。說真格的，週末的這兩天沒有好好躺平休息真的不行。演員都累成這樣，更別說現場的工作人員會是何種境地。若非某幾位工作人員在破紀錄的高溫下產生了熱衰竭的症狀，他們也不會有這兩天如綠洲甘霖般的休息時間。

白尚熙等姜室長車子離去之後才朝著電梯走去。口袋裡的手機這時響了起來。他拿出來一看，是楊秘書的來電。白尚熙先按下電梯的按鈕才接起電話，期間他的視線也一直固定在電梯的那個小螢幕上。

「喂？」

「代表要跟您說話。」

楊秘書簡短地解釋了一聲，就把電話交給了徐翰烈。「你在哪」，手機的那端立刻傳來徐翰烈的聲音。

「在地下停車場。」

「聽姜室長說你週末這兩天休息，對嗎？」

白尚熙嗯了一聲，電梯剛好抵達，就在他要進電梯的那一刻，聽見對方說：

「我派車過去接你了。」

「什麼車？」

「你就坐那台車過來吧。」

徐翰烈也不回答問題，逕自通知完馬上就掛了電話。白尚熙無言地看了一下手機螢幕，開始環顧著地下停車場周遭。很快地，一台熟悉的轎車進入他的視野之中。那是徐翰烈商務外出時的座車。只見那台車剛好也發動了引擎，白尚熙半信半疑地走了過去。一名三十歲中段左右的男子從駕駛座上下來，朝著白尚熙鞠躬，並替他開了車門。

白尚熙隔了一下才反應過來，點頭回禮，坐進了車子的後座。司機親自為他關上車門，繞過了車身回到駕駛座。關上門後，車子隨即離開了地下停車場。

「不好意思，現在是要去哪裡？」

「要載您去常務的私人別墅。」

看他稱呼徐翰烈為「常務」，應該是日迅集團那邊的員工。

「您可以睡一下，到了我會叫您的。」

司機透過後照鏡和白尚熙視線交會，鄭重其事地建議道。確實，白尚熙的眼皮和身體都有如千斤般沉重。他說「那我瞇一下」，遂以雙臂交叉在胸前的姿勢閉上了眼。載著他的轎車行駛在空曠的街道上，提供了舒適的乘坐體驗。

「我們到了。」

待白尚熙聽到聲音張開眼時，已經是兩個小時之後。周圍是完全的漆黑，新鮮的空氣灌進了肺部深處。空氣中混合了潮濕的泥土和樹叢的氣味，以及一股淡淡的水味。草

蟲的叫聲時遠時近，無意間仰望的天空有著滿天的星斗。

他還在四處張望的時候，楊秘書忽然出現。白尚熙跟著他走進了一扇大鐵門，眼前出現一棟三層樓高的建築，外牆設計簡潔，有著大片的窗戶。整體看起來感覺還很新穎。別墅的正前方臨著湖邊，院子本身並不算太大。

「您來了嗎？」

「請往這邊。」

楊秘書帶著白尚熙往別墅裡面走去。寬闊的客廳和位於一旁的壁爐率先吸引了目光。室內裝潢和外觀一樣簡單俐落。廚房的烹飪台也是面對著客廳的開放形式。

「代表人在三樓。」

楊秘書只告訴他這麼一句就悄然離開。白尚熙獨自上樓。首先抵達的二樓總共有三間房間，中間那間最大最寬敞，對外的牆整面都是用玻璃做的。雖然現在外面全黑，什麼都看不到，但是那裡似乎隨時可以眺望湖面。玻璃牆前擺著一張圓形大床，潔白的床單上沒有半點的皺痕。

臥室兩側的房間分別是音響室和書房。環繞著舒適沙發的音響設備全都十分豪華。書房裡充滿紙張的味道，書本排列得整整齊齊，和放在桌上A牌的電腦形成了一種奇妙的混搭感。

白尚熙再次移動腳步。一上到三樓，潮濕的水氣味道變得更重，同時還聽見了嘩啦啦的水聲。他沒有參觀三樓的房間，直接拉開了對面的折疊門朝屋頂外走去。屋頂上有個泳池，大小差不多適合一個人使用，還有一間圍著帷帳的小屋。堆疊在小屋裡的抱枕、枕頭和床墊全都乾淨如新。別說是別墅，就算是高級飯店也很難維護到這種程度。

徐翰烈的身子靜靜漂浮在水面上，正欣賞著一片黑漆的天空。白尚熙望著他這副模樣，走到了設置在戶外的淋浴間，毫不避諱地脫去了衣物。他無懈可擊的結實肉體很快地裸露了出來。從頭頂傾瀉而下的水流濺濕了身體的每一處，漾著水亮的光澤。堅韌的背部肌肉隨著他洗頭時抬起的手臂動作繃緊而又放鬆，盡情地拉伸著。

沖完澡，白尚熙一個不經意的抬頭，意外地和徐翰烈對上了眼。徐翰烈不知何時趴在了泳池邊緣，正目不轉睛地盯著他看。白尚熙毫不閃躲地迎上那道目光。他關了花灑的水，一邊用毛巾擦乾身子穿上浴袍，期間，兩人交纏的視線沒有一刻分開來過。

白尚熙束緊了浴袍的腰帶朝著徐翰烈走去。徐翰烈便一路注視著他朝自己靠近。白尚熙在泳池的邊緣坐下來的時候，他順勢向後退了一下，眼睛仍未從白尚熙身上離開過。兩個人的視野都被對方完全佔據。儘管徐翰烈身體輕微掀動水流的動靜聲和草蟲的叫聲不斷地在耳邊迴響，依然無法打斷兩人對彼此的全神貫注。

「……」

「……」

直勾勾的對視只是暫時性的，徐翰烈兩隻手按在白尚熙的大腿上，打直撐起了上身。依附在他濕漉身體上的水花唰地散落而下，徐翰烈整個人的重量都壓在了白尚熙的大腿上。不冷不熱的水浸濕了白尚熙的膝蓋，他也不介意。

他溫柔地攬住徐翰烈的兩側手肘處，自然地迎上那副朝他接近的唇瓣。於是剛擦乾的臉龐再度沾染水氣，變得濕濡。只不過輕吮了一下，唇間就逸出了溼黏的聲響。徐翰烈小口小口地含著白尚熙的下唇，悄悄伸出舌頭輕撓著唇珠。白尚熙毫不排斥地張開嘴，徐翰烈的舌頭便無聲息地鑽了進去，在他尖銳的犬齒上舔拭。他的舌尖像隻魚缸裡的觀賞魚，輕輕一碰就自己跑開，過一會又偷偷湊過來磨蹭著身體，嚐起來帶著一股濃濃的水味。

徐翰烈發出啾的一聲，分開了相觸的唇瓣。極近的距離之下，兩個人的目光再次糾纏。一雙瞳孔首先注視著眼睛，接著看向了嘴唇，在眼眶中細微地晃盪著。不一會，徐翰烈的手臂突然使力，池水和牆面發出了碰撞的聲音。他整個人猛然湊上前，唇瓣大力地欺壓在白尚熙的唇上。白尚熙默默揚起嘴角，正打算認真地回應這一吻時，對方的唇瓣卻倏地抽身。儘管白尚熙的頭追著向下探去，徐翰烈卻完全退開了身子，像什麼事都沒發生過地游起了泳來。

白尚熙在口中轉動舌頭，試圖彌補那份遺憾，接著他移動位置來到了小屋裡。一旁擺了各式的酒類和飲料，還有水果和冰淇淋等各種點心。他拿了一瓶啤酒，朝建築物的正面走去。涼爽的風襲來。四周是一片的黑，所以並沒有看見什麼風景。只有在院子的盡頭處看到了一個木製的甲板，那裡繫了一艘白色的遊艇。這一整棟建築無疑是徐翰烈的遊樂場。白尚熙在那裡吹了一下風，享受著這份悠閒感，然後回到了小屋。

又過了好半晌，徐翰烈才從泳池上了岸。他逕直朝著躺在小屋裡的白尚熙走來，身上的水在他所經之處沿途滴落，留下了一道長長的水痕。

白尚熙倒了一杯徐翰烈平常常喝的那款紅酒給他。徐翰烈毫不猶豫地接過酒杯，淺酌了一口。他一邊轉著酒杯，又朝白尚熙走近了幾步後，輕輕抬起了腿。特別白皙的膝蓋在月光反射下更顯得晶瑩潔白。白尚熙還來不及預測他下一步動作，上身就已經被他一腳踩得向後仰躺。

「……？」

白尚熙沒有抵抗，順勢倒下去的同時疑惑地看著徐翰烈。徐翰烈眼神迷濛地俯視著他，踩在胸口上的腳緩緩下滑，腳後跟悄然地揭開了浴袍。束起的腰帶也無力地被鬆了開來。終於，一具肌肉線條緊密交織的健碩軀體完完全全地展露在徐翰烈眼前。包含形成一叢陰影的胯部和軟垂在其中的巨大性器。

徐翰烈再啜了一口紅酒，用腳尖頂起了白尚熙的性器。白尚熙看著他的動作，斜斜翹起一側嘴角。

淨白的腳趾頭輕輕地踐踩在深色的生殖器上，殷實的肉柱沒有半點阻力地軟塌了下去。軟趴趴的觸感相當具有踩踏的樂趣。陰囊放在腳背上顯得沉甸甸的，徐翰烈用腳尖將它向上輕撥，然後用腳拇指往正中間壓下去。腳趾壓迫著薄薄的那層表皮，讓囊袋裡的兩顆睪丸隱約透出了形體，渾圓的模樣酷似水煮蛋的形狀。

「小傢伙長得很能幹嘛。」

徐翰烈低聲譏諷著，不停地劃圈揉按著球體。白尚熙原本軟癱的性器在這時開始一點一點地抬起頭來，鮮明的腹肌上下起伏，呼吸聲變得極為深沉。

徐翰烈看著白尚熙愈是慵懶的神情，一邊用腳掌摩擦著他的陰莖。待柱體硬得差不多了，他用腳拇指和食指夾住性器的前端，悄悄地褪下了包皮，裡面發紅的龜頭暴露出了鼓脹的模樣。頓時充血翕張的小孔已經因為前列腺液而完全濕濡。徐翰烈再一次剝開包皮，拉扯著軟皮給予刺激，白尚熙的腹肌開始明顯地收縮，男根也一下子翻挺了起來。

徐翰烈嗤地笑了笑，用腳尖去撥動著那根硬挺挺的性器，往下壓了又放開。回彈的力量使得性器重重地拍打在白尚熙的小腹上。他直接將堅實的肉柱踩在腹部上搓揉，柱身在塊塊分明的腹肌上磨蹭，讓興奮的尿道口更加地賁張，洞口汩汩漏出的前列腺液攪溼了白尚熙的整片腹肌。到了這時，一直維持著閒適態度的白尚熙也不禁深深地皺起眉頭來。他注視著那隻蹂躪自己下體的白色腳丫子，焦急地舔了舔乾燥的唇。

徐翰烈再次用腳趾撥弄白尚熙堅硬的性器，然後退了開來。快感驟然消退，火熱的性器不斷抽搐，渾身難受不已。徐翰烈觀賞著他這副模樣，含入一口紅酒嚥了下去。

白尚熙忍無可忍地握住徐翰烈的腳踝，大掌由下而上地沿著光滑的小腿肚摸到了膝蓋。他抱住凹陷的膝窩處，偷偷把徐翰烈的身體往自己這邊拉。徐翰烈並沒有反抗，他的膝蓋靠在白尚熙的兩腿之間，彎下了上身。

他一邊撫摸著白尚熙突出的肩胛骨，一邊親吻他湊過來的嘴唇。水分滋潤過的肌膚十分光滑，沒有半點微小的凹凸。白尚熙小心翼翼地吸吮著徐翰烈豐滿的下唇瓣，在彼此銜接的唇縫間耐心地摩挲，然後探進了他口腔內部。徐翰烈的軟舌立刻主動纏了上去。然而才沒一下子，他背部瞬間一僵，倏地撇頭往地上吐了一口口水，臉蛋上充斥著不滿。

「好甜。」

因為白尚熙才剛嗑掉了一個冰淇淋的緣故。他於是握住徐翰烈拿著酒杯的手拉了過來，喝了一口在杯中搖曳的紅酒。徐翰烈楞楞地看著他動作，隨後也含了一口紅酒在嘴裡，再次吻上白尚熙。裝滿了冰涼紅酒的嘴裡滲進了一股溫熱的液體，不知是不是錯覺，濃郁的甜味似乎被沖淡了一些。

白尚熙摟住了徐翰烈的後腰和大腿，把他溫柔地放倒在小屋的墊子上，俯身親吻他的動作自然無比地持續著，沒有一刻中斷。白尚熙一直吸吮著徐翰烈的舌，直到在他口中再也嘗不出任何紅酒的味道，才緩緩地抬起了頭。兩人溼潤的唇瓣之間拉出了一條長長的唾液絲。急促到如同奔跑般的呼吸讓徐翰烈的胸部強烈地膨脹又收縮。微啟的雙唇不停地呼出吃力的喘息。

白尚熙直直地盯著那張分外澄澈的面孔，徐翰烈也一臉專注地回望著他。不曉得是因為無法平復的呼吸，還是全身湧起的那股興奮難耐所致，徐翰烈的睫毛在微弱地震顫，藏匿其下的瞳孔也細微地晃動著，清楚地映照出白尚熙的身影。白尚熙彷彿看不夠似地持續端詳著他這副模樣，隨後再次落下唇瓣。徐翰烈動作自然地還抱住他的脖頸，輕閉上眼簾。原本是打算要接一個甜美的長吻，不料白尚熙卻只是淺嘗即止。徐翰烈帶著困惑的表情張開了眼。

「連續好幾天都沒有休息，我現在壓力累積到極限了。」

「所以咧，沒辦法做嗎？」

「怎麼可能，這種時候就是要大吃特吃，盡情大幹一場再睡到不省人事的地步，感覺就會好多了。剛才晚餐時已經飽餐了一頓，我現在只想要大戰個好幾回合直到完全榨乾的程度。」

白尚熙像是要把徐翰烈給吃乾抹淨似地逐一仔細地打量他，「你知道這是什麼意思嗎」，他自問自答道：

「就是我一旦開始做了就停不下來了。」

「虛張什麼聲勢。」

徐翰烈露出了荒謬的嘲笑。白尚熙也跟著揚起嘴角。他緩緩地撫摸著徐翰烈的臉頰，一邊用莫名低啞的嗓音說著「我可是警告過你了喔」，隨後便放下了綁在小屋柱子上的帷帳。

「哈呃……啊、呃……」

徐翰烈的大腿不停打顫。白尚熙連續地親吻著徐翰烈筆直的鎖骨，等待他適應自己的進入。徐翰烈已經獨自奮戰了許久，脹大直挺的性器卻連一半都還沒吃進去。他停頓片刻調整呼吸，快要把白尚熙肩膀抓破似地使勁攀住他的肩頭，然後再次試著往下坐。緊緊相扣的穴口張著嘴吞咬著無套的肉柱，還沒吃進去多少，徐翰烈就又發出痛吟，不得不停下了動作。

「嗯……」

就連只是含著也感到很吃力似的，徐翰烈的頭無力地倚靠在白尚熙的肩膀上。他的每次呼吸，因汗溼而閃著水光的白皙背部都辛苦地起伏著。急促的吐息連續噴發在白尚熙的脖頸處，助長了那股噴薄的肉慾，後頸和耳際一片熱烘烘的。

他早已被吊足了胃口，如飢似渴，甚至憋到腦袋都有些發昏。

然而白尚熙並沒有貿然地橫衝直撞，他替徐翰烈把黏在汗溼臉龐上的頭髮撥開來，在裸露的頸部和耳側再三親吻來鼓勵著徐翰烈繼續動作。「很難受嗎」，詢問聲低沉中卻帶著溫柔。徐翰烈沒有點頭回應，只是不停地呼出混濁的氣體，似乎是不敢再任意動彈。

「你手臂環住我。」

白尚熙一邊哄著徐翰烈動作，一邊把他的胳膊伸到自己背後。徐翰烈一聲不吭地低著頭，隨後一把緊緊摟住白尚熙的脖子。他濕濕的額頭整個貼在白尚熙的肩膀上。白尚熙用嘴唇一點一點地含著徐翰烈滾燙的耳肉，上身輕微地後仰。由於彼此胸膛相貼的關係，徐翰烈的身體也跟著傾斜，夾緊著性器的穴口因此產生了一些空間。白尚熙再緩了一緩，便開始蹭動陽具，壓迫著緊繃的後穴。埋著頭的徐翰烈發出了低低的呻吟。

白尚熙的嘴唇安撫似地吻在他僵硬的臉頰，下身忽然一頂。在強烈的垂直正向力作用下，後穴暫時性地張開，白尚熙的性器直接插進了一半以上。

「唔！」

徐翰烈的整個身體由於撞擊在脊椎骨上的那道沉重力量而瞬間打開，復又陡然收緊。他忽然有種茫然的預感，這份痛苦不過是個開端，手指和腳趾尖因此倏地發涼。白尚熙提醒他「放鬆一點」，親吻他肩頭，然後稍微抽出下身，再使勁地捅上去。一口氣劈開內壁上頂的陽具戳進了徐翰烈肚子的深處。徐翰烈雖然咬著牙根強撐，可憐的是，他的膝蓋像觸了電一樣直打哆嗦。被性器上突起的血管撓刮著的黏膜感覺熱辣辣的。

「哈呃……」

「……哈啊、好緊。」

白尚熙發出喟嘆的呻吟，好好地享受了一陣子的充實緊縮。他不用動作，光是停留在裡面，溫熱的黏膜就會一刻不停歇地蠕動，黏糊糊地吸附著生殖器表面。被柔韌的軟肉甜美地吸附住的那種感覺，他想要更加激烈徹底地去感受，希望能更加瘋狂地飽食饜足一番。

白尚熙固執地在徐翰烈的耳邊不住親吻，沒有遲疑地開始挺進下身。富有彈性的肉壁被反覆地逆向摩擦，頓時開展然後又緊密附著。軟軟嫩嫩且伸縮性極佳的黏膜被擠壓成白尚熙性器的形狀，靈敏地熨貼著肉柱。白尚熙感覺性器被嘖嘖地吸入，甜甜地纏住，就像要融化在那張小口裡，讓他大腦一片空白。彷彿一腳踩進了一個杳遠的沼澤裡，不斷地被吸入更深的所在。

白尚熙的雙臂束縛似地抱住了徐翰烈幾乎快要癱倒的身子，用像是要連囊袋都塞進去的那種氣勢，急切地把中心部位揉進他的後穴裡。粗糙的陰毛大肆磨蹭著敏感的皺摺，引發陣陣的刺痛感。徐翰烈發出哼哼的哀叫，扭動著想要逃離這種極度的刺激。

然而他的掙扎沒有半點用處，白尚熙的性器如木樁一般插在他體內，龜頭接連不斷地往深處推進著。

塞滿了腹腔的那股存在感甚至威脅到肺部，讓他無法順利地呼吸。也許是好一段時間沒做了，也可能是這個體位進入得特別深的關係，徐翰烈感覺連胸口都被堵得發悶。

「哈呃……呃、不能、呼吸了、先、嗯、拔出來……」

聽見徐翰烈不知所措的哀求，白尚熙順從地答了好，動作異常緩慢地把陰莖抽了出來。彷彿在地裡深刻緊密地扎了根的植物被連根拔起時粉碎了堅實的土地一般，爬著青筋血管而鼓脹不平的生殖器喀啦喀啦地一路刮磨著細緻的內壁。徐翰烈的腹部不由自主地抽搐著，排泄似地吐出了白尚熙粗大的肉柱。

「……哈呃！」

白尚熙最後只將魁梧的龜頭留在裡面，然後悠然地轉動著腰身，讓嵌在內部的龜頭跟著旋轉，細細地在裡面翻攪。徐翰烈浮在空中的腰肢因此微微地顫抖了起來。

白尚熙好整以暇地把舌頭探進徐翰烈的耳道裡，溼潤他敏感的部位。徐翰烈「唔」地縮了一下肩膀。白尚熙的下身維持著淺淺地插入，刻意使壞，不輕不重地磨蹭著徐翰烈裡面的軟肉。雖然並沒有強烈到會射精的程度，但卻一直引起尿意，害他腳趾頭忍不住一扭一扭地折了起來。徐翰烈提心吊膽著，擔心那個故意只插入龜頭折磨人的凶器不知何時又會整根捅進來，他的呼吸一再變得急促不穩。白尚熙無聲微笑，溫柔地在他臉頰和嘴角親著，然後猛然地頂進了下身。赤紅的肉刃強行破開甬道戳了進去，徐翰烈不安扭動著的上身明顯一抖。

「呃啊！呃……」

感覺臟器都被向上推擠似的，胃酸被頂弄得上湧。也不曉得白尚熙知道不知道，熾熱的性器感受著內壁的溫暖和觸感，心滿意足地抽動著肉身。

「吻我。」

白尚熙啞著聲在徐翰烈耳邊說著悄悄話，含住他耳垂輕輕拉扯，纏著要徐翰烈吻他。徐翰烈兩隻手捧住他的臉，和他唇齒相接。白尚熙懶懶地垂眸，欣賞著徐翰烈緊貼在眼前的臉蛋。看著他充斥在眉間的痛苦與雙頰染上的快意，和即使只能勉強地吐出稀薄短淺的呼吸也不願停止渴求著自己的雙唇。白尚熙嘴角微勾。他的手輕柔地覆上徐翰烈的面頰，合上了眼眸。啾、啾、甜蜜啄吻著的唇瓣沒有間隙地嵌合在一起。兩人的舌頭在口中像交尾的蛇一般纏繞著彼此。「嗯……」徐翰烈情不自禁地發出了舒服的悶哼。他的呻吟彷彿成了一聲信號，暗自抽身的性器開始接二連三地往內部戳刺了起來。

「嗯、呃嗯！啊！呃啊、嗯！」

徐翰烈的身子一刻不間斷地被向上拱起繼而隨著身體重量下落，從他斷斷續續的呻吟中也能感受到那份飄渺的墜落感。跌坐在白尚熙健壯大腿上的每一下都撞出了赤裸裸的拍擊聲。一時猛向外抽復又一口氣插進丹田處的陽具讓整個骨盆都被震得酥麻不已。彷彿觸電般的刺麻感中卻又帶著微熨的灼燒感，徐翰烈的神智開始渙散，無法集中。在無止盡沖刷著快樂和痛苦的暴雨之中，他們就像兩個飢渴難耐的人，不斷互攪著舌頭，汲取彼此口中的津液。

濕濘的肉體拍打聲和一聲聲不成調的呻吟一時之間響徹夜空。白尚熙的性器簡直想憑空鑿出不存在的孔穴一般扎扎實實地開拓著甬道。龜頭這時突然轉向一個熟悉的角度。光是稍微掠過那周圍，徐翰烈的身子都會連連打顫。白尚熙假動作似地在附近撓了撓，隨後毫無徵兆地戳上了敏感的那一點。

「啊啊！」

白尚熙預先緊緊箍住了徐翰烈彈動的身體，再用龜頭毫不留情地狠狠磨碾著接觸的那個部位。

「啊呃呃、哈呃……」

強烈的貫穿感讓徐翰烈惶恐地扭動著四肢，他拚命掙扎了一番，甚至要賴似地把白尚熙的手臂都掙脫開來。原以為白尚熙會就此乖順地放手，沒想到他整個人和徐翰烈一起歪歪地傾斜至一旁。他舉起徐翰烈的一隻腳穩穩地固定住姿勢，像要完全搗碎那一點似地暴風戳刺了起來。

「哈呃！嗯！啊、呃啊！嘶！哈啊！慢、慢點！啊嗯！」

徐翰烈崩潰地發出了狼狽不堪的吟叫。勉勉強強支撐著身體的兩條手臂也無力地彎曲，蜷起的指尖徒勞地劃破了空氣。

「哈啊、呃！咿咿、啊！哈嗯、嗯！這混……啊！呃啊……！」

對方反覆插進體內深處的這種感覺讓徐翰烈難耐地搖著頭。白尚熙的唇瓣隨著施虐所引發的快感逐漸劃出一道向上的弧度。黏糊糊地相連又分離的肉體就快要抽筋似連連顫慄。白尚熙啪地貼上徐翰烈，把臀瓣擠完全壓成扁平狀，在裡面翻攪，一再地使勁研磨。沒兩三下，徐翰烈就開始痙攣抖動了起來，前頭率先噴發而出。一股接著一股飛濺的精液垂掛在白尚熙的厚實的胸板上。

「……呃！」

白尚熙接著也用盡全力地挺進了下身，碩大的龜頭塞進了最深最緊密之處，在裡面吐出了濃稠的精液。徐翰烈熱燙的肚子似乎在微微地翻騰蠕動著。

「哈呃……呃……」

徐翰烈的後背發著抖。已經射了一次的性器淅瀝瀝地吐著殘餘的精水，漸漸地軟了下去。

白尚熙完全仰躺下來，拽拉著為難地騎在他身上的徐翰烈手臂。徐翰烈乖順地被他拉去，整個人癱倒在白尚熙的身上。兩人急促的喘息聲在彼此耳側互相干擾著。大口喘氣時，濕漉漉的胸膛便會擠壓在一起才又分開。肌膚內側咚咚的心跳聲原封不動地傳遞了過來。

白尚熙的手臂環抱在徐翰烈背上，嘴巴湊到他的臉頰和耳際親吻著。徐翰烈一副筋疲力盡的模樣，任由白尚熙對他為所欲為。汗涔涔的背脊迅速地感受到一陣涼意，泛起了零星的雞皮疙瘩。似乎連盛夏夜晚的炎熱也比不過情事剛結束的熱度。

白尚熙抱著徐翰烈親了個夠，忽然輕聲說了句「等一下」。他陡然起身，伸手朝著點心推車探去，摸了一個冷冰冰的東西回來。徐翰烈依稀以為他是要喝水，結果他拿過來的竟是一杯冰淇淋。

白尚熙用嘴咬開蓋子，將稍微融化了的冰淇淋像挖奶油一般舀了出來，修長的指頭即刻朝向徐翰烈的臀部伸去。徐翰烈一直留意著他奇怪的舉動，但是完全猜想不到他的意圖，直到下面突然碰到一抹冰涼的東西，他才後知後覺地打了一個冷顫。

「你在幹嘛？」

徐翰烈嫌惡地扭動著身子，白尚熙也不解釋，嘴巴直接覆上了徐翰烈的嘴唇。他輕緩地吮著徐翰烈厚厚的下唇，同時暗中拉扯他的手肘。白尚熙讓自己後背率先著地，徐翰烈被他一扯人便跌在他身上，身體再度相疊。徐翰烈雖然試圖用手撐住地板，結果也只是徒勞，因為白尚熙一把扣住他的後頸壓了下去。

徐翰烈束手無策地被吻著嘴巴的同時，涼涼的冰淇淋也進到了後穴裡。感覺冰涼又滑膩的東西一坨一坨地湧進，徐翰烈不禁氣惱地翻騰著身軀，大力捏住白尚熙肩膀。白尚熙於是嘴上吻得更加認真，手指也持續地把冰淇淋送進甬道裡。小小的紙杯不一會就見了底。

「全部都吃進去了呢。」

「……唔、你這瘋子。」

徐翰烈愁容滿面地捂住了下腹，莫名覺得肚子一陣涼颼颼的，雞皮疙瘩不知何時爬上了脊椎。

白尚熙在徐翰烈的脖子上輕吻著，往兩旁扒開了他的臀瓣。已然恢復精神的性器抵在了亂七八糟滿冰淇淋的穴口上。沒有看著實在很難找到入口，但龜頭觸碰到的那股涼意讓白尚熙不再徬徨。他的鈴口在期待感中不停張合，一部分的冰淇淋因此滲透進尿道裡。昂揚的性器因這股陌生的感覺而瑟瑟地抖動。

「這次我會溫柔一點。」

白尚熙一邊安撫著徐翰烈，陽具一邊插了進去。虧得後穴剛才已經充分地擴張過，進入的過程變得容易得多。只不過裡面裝填的冰淇淋經不住壓迫，向外擠了出來。紮實咬住性器的穴口冷冰冰的，白尚熙感覺自己頭髮都豎立了起來。可能是肚子不舒服的關係，徐翰烈只是咬緊了牙關，悶不吭聲。

白尚熙溫柔地撫摸著他的頭，下身開始啪啪啪地敲擊。每一次插入時，溶化成白色奶霜的冰淇淋都會噗滋噗滋地溢流出來。空氣中也混入了一縷甜蜜的香草味。

「……好甜啊。」

白尚熙舔了舔下唇，滿足地呢喃。如同剛才所承諾的，他不急不徐地聳動著靈活的腰身。性器輕緩地攪動著酥麻的穴口，自下而上地頂弄著細緻的黏膜。徐翰烈的手指和腳趾因骨盆微微震顫的快感而不斷蜷曲。

「哈啊、啊、嗯……呃啊、啊！」

白尚熙對著徐翰烈軟嫩的耳垂大口大口地含咬，同時增加了抽插的深度。才剛感受到黏膜上傳來一絲涼意，被火熱的肉莖所碾壓的奶霜便會迅速化成稀泥狀。一下下搗出的白色奶霜一點一滴順著徐翰烈的會陰部流下，甚至黏膩地濡濕了白尚熙的恥毛。

隨著肚子裡冰涼的東西逐漸熱得化開，暫時麻木的知覺也立即開始甦醒。含著液狀奶霜的內壁蠕動著，溫度一下子升高了起來。猛然覺醒過來的感官讓徐翰烈的大腦變得恍恍惚惚。

對於白尚熙來說，情況並沒有太大的不同。性器在黏膩後穴抽插的速度越來越快，快到後來，坐在他身上的徐翰烈幾乎整個身子都因為他猛烈的頂弄而上下顛簸。或許是有了奶霜的潤滑，性器完全不受阻攔地直搗黃龍，狠狠地撞在了敏感點上。

在兩具肉體不中斷地互相拍擊之下，後穴口周圍迅速地形成一圈白沫。

「呃啊！嗯！哈啊、嗯！嗯呃！哈呃！」

徐翰烈爆出了連綿不絕的浪吟。不受控制大張的嘴裡流淌出透明的唾液。快速拔出後便立刻插至根部的性器反覆壓迫著尾椎，引發了酥麻的顫慄感。徐翰烈伸出不停抖動的手在白尚熙臉上摸索，找到嘴巴後含咬住他的唇瓣。不知有多亢奮激動，就連流進嘴裡的唾液都在發甜。徐翰烈渾然忘我地吸吮著白尚熙的唇舌，嘴裡發出了一聲聲短促的呻吟。

「哈呃、嗯、呃嗯、哈、停、停下、啊呃！」

徐翰烈越是哀求，白尚熙就越是粗暴地在他甬道裡來回戳刺。越往上頂弄越顯緊實的嫩肉讓白尚熙逐漸失控。深處被翻攪頂弄因而受到刺激的黏膜像吸盤一樣，牢牢吸住了賁張的肉莖不肯放開。每次擺脫那道強烈的吸附感抽身而出時，穴口強力收縮的那股壓力也舒服得難以形容。向上竄流的灼熱讓眼前不停閃現一片黃澄。

「呃啊！啊！」

白尚熙沒有放過徐翰烈，下身繼續對著他窮追猛打。飆升的快感使得肌肉和血管都膨脹得快要迸裂。下腹逐漸匯聚的那股憋脹之流正叫囂著要往出口衝去。

一瞬間，感覺背脊發涼，全身一緊。頑固地戳著後穴的肉棒朝著甬道的某一處黏糊糊地頂了上去。白尚熙用彷彿要捏爆他的力氣狠狠掐住了徐翰烈的臀肉，牙縫裡不自覺發出了咬牙音。壓抑的呻吟也陸續流瀉而出。

「呃、嘶……！」

插在體內的性器哆嗦了起來，徐翰烈的背部跟著細微地顫動著。感覺有什麼東西在肚子裡一股腦地擴散開來，倏然間湧上一股飽足感。被狠狠磨蹭的小洞不住地收縮，不多時，黏稠的精液便流淌而出，溼潤了入口。

白尚熙的身體又大力地拱了幾下才平緩下來，坐在他身上的徐翰烈也隨著他上下起伏。身體軟綿綿地虛脫無力，就連眼皮都在顫抖。

在原地躺著喘了一會，白尚熙的唇貼在徐翰烈的額頭上，同時慢慢側躺至一旁。他的性器也在這時滑了出來，擦過紅腫的穴口。徐翰烈嗚地呻吟了一聲。白尚熙像在哄他似的，一直親著他溼潤的眼角，極其自然地改變了姿勢。

在白尚熙煩人的糾纏之中，換徐翰烈的背貼在了地板。白尚熙的嘴唇沿著他臉頰一點一點地向下，啄吻了好幾下他的嘴角，最後輕柔地覆蓋住他的唇瓣。幾乎是在同時，白尚熙撿起一旁散落的抱枕塞在了徐翰烈的腰部底下。徐翰烈的下半身突然被抬起，待他反應過來，開始覺得詫異時，白尚熙人已經卡在了他的雙腿之間。

光是接吻就有了反應的性器在徐翰烈白皙的大腿上蹭著，那令人無法忽視的存在感讓徐翰烈不由得蹙起眉頭。白尚熙伸手套弄著徐翰烈的陰莖，使其站立，自己的性器則在腫得不行的穴口處不停撥弄。龜頭磨著磨著一不小心就蹭進穴裡，他於是直接插了進去。突如其來的插入讓徐翰烈被握著的性器顫抖了起來。白尚熙在他頓時僵硬的雙頰上不厭其煩地吻著，用手一邊撫慰著他的肉莖，並且用自己凶猛的肉棒對著徐翰烈的腸肉大快朵頤了起來。這是一場沒有什麼對話，也沒有中場休息，猶如狂風暴雨般的性事。

在射了三四次之後，白尚熙直接把徐翰烈帶去浴室，然後在洗手台上做了一次，在花灑下接連做了兩次。如此不知節制的性愛，在去到了寬大的床上後也繼續變換著姿勢地做了一回又一回。

兩人昏沉沉地入睡的時候，太陽都已經出來了。白尚熙就像他自己預告的那樣，完全睡死了過去，整整睡上大半天。差點要昏厥的徐翰烈卻是時不時醒來，輾轉難眠。

徐翰烈根本不習慣有人睡在自己旁邊，更糟糕的是，白尚熙的手臂還環住了他的腰，別說是要起身，就連想要翻個身都很不容易。

「……好重。」

徐翰烈正想要把白尚熙的手臂給拿開，白尚熙摟著他的手臂忽地使力一勾，整張臉埋進了徐翰烈的肩窩裡，一個勁地深嗅著他身上的味道，纏著他說「再多睡一下」。過往的某段記憶自然地浮現出來。如果要說十年過去有什麼不同，當時的白尚熙是把自己錯當成了別人，而現在和白尚熙躺在床上的對象確實是自己沒錯。

需要的就只是一紙合約書而已，那個總是板著臉，推拒、無視著徐翰烈的白尚熙就可以開始對他有所回應，甚至起了情動的生理反應。待合約期間一結束，想必就會像什麼事都沒發生過一樣，回到原本的狀態。正因如此，即便知道白尚熙在用眼神，用相觸的肌膚和體溫表達著對自己的貪戀和慾望，徐翰烈仍覺得那份熱切不全然屬於自己。

「……」

白尚熙一副根本不知懷中人是誰的模樣，臉部肌肉明顯放鬆，睡得極沉。徐翰烈直接伸手摸上了他的鼻樑，也試著緩緩描繪那兩道筆直的黑眉。不曉得是不是因為瘋狂做愛後全身疲軟無力的關係，指尖的動作相當僵硬。

斷斷續續的輕微碰觸似乎很癢，白尚熙忽然發出了「嗯」的聲音，額頭一邊在徐翰烈的脖子上搓揉著。明明活生生的人就在眼前，卻比作夢還缺乏真實感。不管和他發生多少次關係，想要藉此確認這個人的存在，到頭來，卻只徒留一陣莫名的空虛。

徐翰烈撫弄著白尚熙的耳朵，然後低下了頭吻上他的嘴。豐厚的唇瓣接連不斷地擠壓在白尚熙俐落的薄唇和腮幫子邊緣上。徐翰烈還在親著，白尚熙突然醒來，掀開了眼皮。兩人就這樣呆呆凝望著彼此好一段時間。

隨後白尚熙開始在徐翰烈的頸側和肩膀上啄吻，一手溫柔地覆在徐翰烈的後頸，把他往自己的方向帶。身子非常自然地被他攬了過去，徐翰烈伸出雙臂把白尚熙摟了個滿懷，悄聲低語道：

「再繼續弄壞我吧。」

他不想再去思考任何事了，也不願再逼著自己非得認清現實。徐翰烈只想要被白尚熙狠狠侵犯，把自己攪得一場糊塗，讓自己再也分不清那些夢幻、妄想、錯覺與現實之間的界線。

他們無止盡地做愛，一直做到徐翰烈確切地感受到自己血氧飽和度已經不足。渾身大汗淋漓，氣喘吁吁的呼吸跟著難耐的呻吟一併從嘴裡噴發出來。彷彿跑完一場馬拉松似的，骨頭發麻，肺部刺痛不已。一射再射的精液從穴口潸潸溢出，連白尚熙的腹部也變得一片濕糊。房間裡充滿了汗水味和精液腥羶的味道。

「……呃、哈啊。」

白尚熙的下腹部奮力貼上軟爛的後穴，將情慾的殘渣盡數吐盡。徐翰烈接近昏厥的身體無力地晃動著。一分開完全密合的下體，徐翰烈的臀瓣和白尚熙的胯下之間，拉出了數十縷由潤滑劑和精液所釀成的黏稠白絲。白尚熙慢慢抽出他的陰莖，低頭看著徐翰烈腫脹不堪的穴口。粗厚的龜頭拔出來時，嫩紅的腸肉一起被翻了出來，隨後才緩慢地捲了回去。灌滿內部的精液讓蠕動著的腸肉覆上一層白濁。這幅光景無論看了多少遍，都還是會產生一種極為酥爽的征服感。

白尚熙一抬眸就看見徐翰烈那皺著眉頭的臉，連極度通紅的眼角也被汗液及淚水給浸潤得溼了一片。他本來沒有打算要做到這種程度的，但每當他打算要停下來的時候就會遭到徐翰烈撩撥，每到差不多該結束的時候，徐翰烈又會撲上來，讓他只好不管不顧地繼續一頓猛操。那個他不曉得插了多少次，不停吞吐著快感的小洞沒辦法放鬆，已經完全腫了起來。明明是稍微輕碰一下都很刺痛的狀態，竟然還能承受著性器的恣意衝撞。幸好是沒有造成撕裂傷，但是這次腫成這樣，真的得擦點藥才行。

正好喝的也沒了，白尚熙套上浴袍下樓梯來到一樓。不知不覺已經是翌日的清晨。

他從冰箱裡拿出一瓶礦泉水，一邊喝著一邊走到了陽台外。帶著青草香的清新空氣涼爽地灌進肺部裡。放眼望去淨是一片綠蔭，視覺上也相當舒適愜意。白尚熙靜靜地呆站了一會，不遠處的潺潺水聲忽地傳入耳裡。有多久沒有享受過這種寧靜閒適的氛圍了，感覺頭腦也自然變得清晰，不由得心曠神怡起來。

白尚熙在外面吹了好一陣子風才回到室內。他又拿了一瓶水，想找看看有沒有可以擦的藥而在屋子內四處張望時，突然發現一絲動靜。原來是楊秘書。儘管面對著全身光裸只套著一件浴袍的白尚熙，楊秘書也沒有露出半點尷尬的神色。白尚熙同樣也是一點也不覺得難為情。

「我需要藥膏之類的東西。」

「哪裡受傷了嗎？」

「不是我，是後面、腫起來了。」

雖然他的回答斷斷續續，頗為含蓄，楊秘書卻一下子就瞭解了他的意思。楊秘書暫時離開了一會，回來時拿了未開封的藥膏和幾根單支包裝的棉花棒給他。

「池建梧先生。」

白尚熙默默地拿了東西正要上樓，楊秘書忽然出聲叫住他。

「不管代表他是怎麼指示的，希望你盡量避免過於激烈的行為。」

聽見如此出乎意料的忠告，白尚熙不禁歪了頭。和楊秘書對視的面孔上並沒有什麼表情，直視著對方的眼神卻帶著毫不掩飾的疑問。

「那也算在秘書的職務範圍裡嗎？」

白尚熙問完還一邊嘀咕著「根本是保母啊」。然而楊秘書也不願退讓。

「干涉代表的私生活雖然算是逾越職權，但我的工作就是要負責維護代表的安危。池建梧先生會來到這裡，既然是為了履行和代表簽下的合約內容，希望在您履行合約的過程中不要造成我工作上不必要的差池。我認為，同樣身為受僱人，我絕對是有這個權利來提醒您多加注意小心的。」

「……受僱人。」

白尚熙像是聽到了一個不熟悉的名詞，下意識跟著複述了一遍。他之後也沒有再回話，就只是點了點頭，便緩緩踩著階梯上樓了。

他往床上望去，徐翰烈卻不在那裡。臥房的浴室裡傳出水聲，白尚熙隨即朝著浴室邁步而去。徐翰烈不知何時醒來的，躺在正在放水的浴缸裡，擺盪的溫水才剛淹過他的腰際。

白尚熙在浴缸邊緣一坐下，閉目中的徐翰烈就睜開了眼睛。由於他脖子斜倚在浴缸靠枕上的關係，視線自然地壓低。

「我還以為你回家了呢。」

「怎麼可能就這樣光著身子離開。」

白尚熙遞出了礦泉水。徐翰烈搖搖頭，再次闔上了眼。

「你這樣身體會虛脫的。」

徐翰烈對於他的警告置若罔聞。白尚熙盯著他看了一會，打開礦泉水含了一口水在嘴裡，隨後撐著浴缸伏下身，嘴唇直接疊上了徐翰烈的。他微托著徐翰烈的下巴向上一抬，兩片緊閉的唇瓣便悄然分開。微溫的水一點一點地滲透進徐翰烈的嘴裡，喉結輕輕地滾動著。徐翰烈懶懶地睜著眼，注視著白尚熙和自己緊貼的臉龐。白尚熙毫不閃避地和他對視，在充分溼潤的嘴唇上滋地親了一口才退開。徐翰烈露出了不滿的表情。

「你一直都是這樣的嗎？」

「什麼意思？」

「態度也該切換一下吧。」

「彼此最不堪入目的一面都看光了，這種行為很普通吧？」

「普通……」

「肌膚相親之情是很可怕的。」

徐翰烈噗地失笑，即刻又斂去笑意，面色變得更為冷淡。

「看來你不只身體隨便，連感情都很輕賤啊？」

「怎麼，難道拔屌無情用過就丟會比較好？那樣不是更賤嗎？」

白尚熙朝徐翰烈的臉上投去赤裸的目光。他應該不是在刻意諷刺徐翰烈過去的行徑，只不過徐翰烈對於這番話確實也無可辯駁。

白尚熙一口氣喝光了瓶子裡剩下的水，站直了身體，解開鬆散的腰帶掀開了浴袍。他大剌剌地一腳跨進了別人正在使用的浴缸裡。加上他的體積之後，溫熱的水一下子漲到了下巴的位置。

白尚熙在出水處捧了水往臉上潑，兩手直接向上把頭髮順至腦後，他端正平整的額頭隨即顯露了出來，眉毛和睫毛上凝掛著顆顆分明的透明水珠。白尚熙又洗了兩下臉，倏地抬眸，和一直在看他的徐翰烈眼神毫無保留地交會在一起。他陡然一笑，伸手握住了徐翰烈腳踝。

「據說在性事上越是得到滿足，對對方的依戀也會變得更加強烈。」

徐翰烈腳踝被忽地一拽，白尚熙瞬間伸手托住他的後背，把人朝自己的方向拉。由於水中的那股浮力，徐翰烈的身體沒什麼抵抗地被拉了過去。他坐落在白尚熙的大腿上，和他胸貼著胸，鎖骨交錯。白尚熙讓徐翰烈的頭靠在自己的肩膀上，手指頭沿著他的脊椎一路下滑。滑溜的手指悄悄鑽進了兩團土墩之間，一摸到那紅腫的後穴口，徐翰烈立刻「嗯」地繃起了身子。

「你的秘書像個家長一樣在對我嘮叨呢。」

白尚熙貼著徐翰烈的耳根張合著唇瓣。大概是有料想到秘書的反應，徐翰烈不意外地「喔」了一聲。同時，白尚熙的指頭在穴口周圍小心地摸撫著。他正打算把射在裡面的東西清理出來，徐翰烈卻驀地扣住了他的手腕。

「楊秘書那種程度只是小兒科吧，要是被那些真正過度保護我的人知道的話，你以為你能平安無事嗎？」

雖然是近似玩笑的口吻，但內容並非完全脫離現實。白尚熙噗哧一笑，往洞內輕輕摳了一下。徐翰烈抓著他的手隨即增加了力道。

「……唔！」

「沒想到我是在冒著生命危險和你做愛啊。」

「怎樣，現在才知道害怕？」

徐翰烈尖酸地反問，然後貼在白尚熙頸部吸吮了起來。他接著啃咬白尚熙的耳垂，也把舌尖伸進去他的耳道裡。白尚熙每摳挖一次下面的洞口，甜甜的吟哦聲就會附著在他濕濡的耳中。

「沒有，這樣更好，感覺更刺激。」

白尚熙慢悠悠地出聲回答。與此同時，某個硬梆梆的東西碰到了徐翰烈的大腿。徐翰烈錯愕地低頭一看，已經勃起的性器正在水裡晃動著腦袋。他用不可置信的眼神看著白尚熙。白尚熙在他嘴上啵地親了一口，手伸到腋下去把他的身子給抬了起來。徐翰烈的屁股疊在白尚熙的下腹部上，對方的性器像隻在水中扭動的魚，游來游去地找尋著洞口。

徐翰烈頓時有些驚惶地想要後退，卻被白尚熙逮住了手肘輕輕地拉了過去。他的手臂順勢圈住白尚熙的脖子，嘴巴埋在了自己上臂的內側。為了讓徐翰烈不再動彈，白尚熙扣住他的後頸，嘴唇也落在了他的肩上。下身的龜頭在這時已經抵在嬌嫩的穴口，嘗試著入侵。徐翰烈環著白尚熙的雙臂驟然緊張地收緊。

白尚熙發出了「噓」的聲音，一邊安撫著徐翰烈一邊向上戳進了洞裡。浴缸裡的溫水咕嚕咕嚕地衝了進去。徐翰烈肚子裡的殘餘物抵擋不住壓力，噗呲地擠了出來。周圍的水頓時隨著精液變得混濁，過了一會才逐漸散去。

「這樣子清洗輕鬆多了。」

白尚熙不斷親吻著徐翰烈的脖子和肩膀，腰身輕柔地挺弄。在又慢又深的插入中，徐翰烈把頭深深埋在自己的胳膊裡。原先平靜的水面像是掀起了波浪，不停地濺起了水花，發出了啪噠啪噠的聲響。白尚熙的陽具每每插至了最底處又整根退出，徐翰烈的肚子裡就像是遭到了一番肆虐，整個人宛如被捲進了一個巨大的漩渦之中，暈頭轉向無法清醒。為了擺脫這股虛無飄渺的隔絕感，徐翰烈更加死命地抱住了白尚熙，想像著自己在他無數次的侵犯之後癱軟倒下，就此終結了生命。

✳

等到終於能夠下床，已經是星期一中午的事了。白尚熙凝望著累得睡著的徐翰烈，靜靜在他肩頭印上一吻，有種徐翰烈的皮膚上沾染了自己體味的錯覺。嘴唇依依不捨地在肩膀周圍徘徊糾纏，最後循著脖頸線條爬升，星星點點地落在了耳邊。當他囁咬著那軟軟的耳垂時，徐翰烈用極其疲憊的聲音說了句「別弄」，兩隻眼睛累得連睜都睜不開。

白尚熙再次吻了吻他的臉頰才下到了一樓。姜室長大概是被楊秘書叫來的，正一臉傻眼地看著他。

「你為什麼會在這裡？」

「代表讓我來這裡休息。」

白尚熙回答的同時朝著楊秘書撇了一眼。楊秘書絲毫面不改色，簡單頷首便立刻離去。姜室長一直等到他的身影完全消失了才朝著白尚熙轉過頭來。

「你不是和徐代表沒那麼熟嗎？」

他的語氣莫名帶著質問。白尚熙似乎是在說「那又怎麼樣」地看著姜室長。

「一個不熟的人，他會把你特地叫來別墅，一起玩了整整兩天？」

白尚熙一聲不吭地點了點頭。姜室長用狐疑的眼神從頭到腳地慢慢打量著他。白尚熙還穿著兩天前的衣服，也就是說他連行李都沒帶就當場被叫來這裡。是說他臉色看起來還不錯，似乎是有得到充分的休息。徐翰烈特地在大半夜把人叫來，難道會任由他在這裡呼呼大睡兩天嗎？

其實在放假前那一晚，姜室長看白尚熙吃飯狼吞虎嚥的那副模樣就覺得不太對勁。白尚熙只是沒有說出口，其實這陣子以來也是累積了不少的壓力。過去遇到這種壓力大的時候，他總是會睡得昏天暗地，睡起來就沒什麼問題了。姜室長還以為這次的休息日他也會如此度過，因此整個週末都沒有跟他聯絡。

然而，眼前的這個場所、情況，還有他那一臉神清氣爽的模樣，都無法跟他休息前的樣子順利連結起來。除非這棟別墅裡除了徐翰烈、白尚熙、楊秘書以外還有別的人在，那還比較說得通。

「喂，你該不會是瞞著我做了什麼奇怪的事吧？」

「什麼奇怪的事？」

「記者們要是知道了會很開心的那種事。」

白尚熙望著姜室長的臉神色十分平靜。但姜室長卻沒有聽見他即時的辯解。惶惶不安的姜室長指著白尚熙的鼻子，發出了「哦」的質疑聲。

「……沒有那種事情。」

「太慢了，你為什麼隔了這麼久才回答，這是需要思考這麼久的問題嗎？」

「你要繼續在這裡討論下去嗎？這樣會遲到的。」

白尚熙丟下姜室長，快速地離開了別墅。如他所說的，要趕上行程時間的話得加快腳步才行。儘管尚且無法擺脫那股令人放不下心的預感，姜室長還是不得不跟在他後頭離開。

白尚熙在回首爾的路上，不停地被「這兩天到底做了什麼」的審問給折磨。就算他誠實地回答了「上床睡覺」，姜室長心中的疑慮仍是完全無法消除。

07

Sugar In The Water(1)

SUGAR
BLUES

接下來的好一段日子，白尚熙都持續著往返於拍攝現場和家裡的兩點一線單調生活。由於出門和返家的作息時間極不固定，在調整狀態這方面也是吃足了苦頭。在片場為了維持一貫的緊張感，積累了相當多的疲勞壓力，他經常一回到家就直接昏睡了過去。

而徐翰烈只有在白尚熙休息的時候才會找他，不曉得這是否算是一種他的體貼。因為如此，白尚熙也曾長達三個禮拜時間沒有和徐翰烈見到面。不管再怎麼忙，想要短暫見上一面應該不是難事。只不過，如果沒有要做愛，兩人見面的意義就會變得曖昧不明。以前在酒席上曾聽過某個玩笑話：戀人和炮友其實表面上看起來都是一樣的，差別在於，假如彼此除了做愛也喜歡和對方在一起的話，你們就算是情侶；目的單純只是為了上床，那你們就是性伴侶。「我明明是在談戀愛，對方卻感覺是為了要和我上床而在忍耐」，這種形式的關係或許比想像中還要來得多。倘若以這種標準來判斷，徐翰烈和白尚熙當然是純然的性伴侶，而且還是有金錢上援助的有償炮友，照理說，對彼此應該是不會抱有什麼太大的興趣和好奇。

儘管如此，白尚熙並不討厭徐翰烈突如其來的召喚。就算只是單純工作上的事情，在前往拍攝現場前為了繞去公司一趟還必須提早出門，他也不覺得麻煩。

楊秘書彷彿已等候多時，在那裡迎接著白尚熙和姜室長的到來。他敲了敲代表辦公室的門，「進來吧。」裡面傳出了徐翰烈的聲音。

姜室長一腳才剛踏進門就馬上鞠了個躬。

「代表您好。」

見到徐翰烈的欣喜之情反映在姜室長洪亮有力的嗓音和表情上。由於幾乎每天和他通電話報告拍攝進度，姜室長大概是覺得自己和代表的距離有拉近了一些。

「你好，請坐吧。」

然而徐翰烈僅是用眼神示意了一下對面的沙發，展現出一副公事公辦的態度。默默入座的姜室長面露濃濃的失望之色。還站在門口的楊秘書詢問著是否需要準備什麼喝的東西，徐翰烈看向姜室長，徵詢他的意見。

「室長，今天也喝維也納咖啡可以嗎？」

「啊，好的，我很喜歡！」

一掃方才的陰霾，姜室長的臉上頓時笑逐顏開。接到指令的楊秘書簡單頷首了下，便離開了辦公室。

過了半晌，徐翰烈蓋上了看到一半的文件，走到沙發這邊來。白尚熙緊盯著他解開合身的西裝外套鈕扣然後在沙發坐下的一連串動作。不曉得是不是有些過勞，原本就偏白的臉蛋上沒有半點血色。感受到白尚熙持續的目光，徐翰烈朝他看了過來。他略微揚眉，似是在問白尚熙是有什麼事嗎。白尚熙沒有開口，只是用食指在自己脖子內側點了點。那個三天前他鍥而不捨拚命吸吮的地方有個淤痕。

徐翰烈不悅地蹙起眉，把領帶繫得更緊了一些，下意識輕撫著貼合在他頸側上的襯衫立領。一直到姜室長的視線挪移過來時，他才恢復成原本的神色。

「怎麼樣，拍攝有按照原訂計畫在進行嗎？」

「是的，正在順利地進行當中。現場的拍攝氣氛也很好。」

「有沒有什麼感到困難的部分？」

「沒有什麼特別的問題。」

「空閒的時候也有在慢慢準備下一部作品吧？」

徐翰烈繼續提問，目光朝白尚熙看去。

「不能讓尹羅元把好處都給占盡對吧？」

白尚熙沒有特別回話，只是聳了聳肩膀。

「怎麼啦，沒信心嗎？我記得迷倒廣大女性同胞算是池建梧先生的專長，既然有這麼好的才能就不應該浪費，要好好發揮才是啊。」

補充的這一句話無異於是在挖苦白尚熙。

徐翰烈總是這樣。就算白尚熙再怎麼毫無保留地表現出內心的慾望、去貼近他的身體、像個深情的戀人一樣和他濃情蜜意地接吻，但只要他們下了床，徐翰烈就立刻翻臉不認人似地迴避他、戒備著他、對他耍心眼。白尚熙如同往常那樣輕笑了一聲。他發覺只要看著徐翰烈，就一點也不會感到無聊。

這時候傳來了一陣敲門聲。徐翰烈一雙眼睛仍盯著白尚熙，直接開口說了聲「請進」。楊秘書開門入內，將準備好的飲料逐一放在姜室長和白尚熙的面前。白尚熙有些驚訝地看著自己的那杯飲料，有蓋的紙杯裡正散發出一股香甜的氣味。

「代表您不喝嗎？」

「我的體質不太適合攝取咖啡因。」

徐翰烈含糊地拒絕，「請喝吧。」他催促道。白尚熙將那杯可疑的飲料拿至嘴邊，空氣中馬上飄散著一股香濃的可可味。姜室長還在高興地品嚐著他最喜歡的咖啡，頓時也露出疑惑的眼神來。一開始還以為白尚熙那杯是加了糖漿或可可粉的咖啡，但不管怎麼聞都像是熱可可的味道。

「池建梧先生好像是特別喜歡甜食喔？」

徐翰烈也沒問白尚熙要喝什麼，就擅自幫他決定了品項。他的眼角略微彎起，似乎是故意在取笑白尚熙幼稚的口味。姜室長也表示同意地笑了起來。

「建梧他雖然是不太挑食什麼都吃，但是有時候口味真的很像小孩子，像肉類他也很喜歡。」

在雙面夾攻的嘲弄之下，白尚熙仍是一派輕鬆地享用著那杯濃郁的甜品。他的舌頭在口腔中攪動，緩緩伸出來舔了舔濕濡的唇瓣，看起來慵懶不已。徐翰烈硬生生地移開了總是忍不住朝他看去的視線，打開沙發旁邊的抽屜。裡面整整齊齊地收納著寄來的郵件。他的指尖掃過了一疊密密麻麻的信封，挑出其中一封丟到了桌上。信封上印著的品牌標誌相當令人眼熟。

「半個月之後，『Laf and Dear』為了慶祝新系列的推出，似乎要舉辦一場時裝秀。」

隨著徐翰烈的說明，姜室長和白尚熙交換了一個眼神。

「Laf and Dear」是個經營服飾和雜貨的綜合性時尚品牌。作為一個受到眾多明星名流所愛用的熱門品牌，享有著高人氣，在業界也具有相當的影響力。同時也是促使白尚熙當年在演藝圈出道，並且一直照顧著他的那位孫慶惠孫代表的品牌。

白尚熙沒去碰那張邀請函，而是直視著徐翰烈。

「然後呢？」

「我打算帶你出席參加。」

「這是什麼惡趣味。」

「怎麼了，我是要給你打打氣啊，幫你累積一些受到公司老闆疼愛的形象有什麼不好？而且去那裡也可以見到尹羅元，在新戲開拍之前就能先製造出一個美好和諧的畫面，這樣豈不是一舉兩得？你說對不對啊，室長？」

「對、啊……是啊，沒錯。」

姜室長糊里糊塗地附和，白尚熙無言以對地訕笑著。

「總之我會通知對方說我們要出席參加。因為電影和電視劇都還在尚未公開的保密階段，屆時那個時裝秀將會成為池建梧先生對外首度的公開行程。當天穿著的服裝和造型我們會和合作的美容院商討過後再做決定，你大概知道一下就好。」

徐翰烈逕自下達通知，一邊抬手看著手錶。姜室長於是也跟著看了下時間。

「哎唷，已經這麼晚了！」

「要講的事已經講完了，你們可以先離開了。」

徐翰烈結束了對話，朝他自己的辦公桌走了回去。姜室長也點點頭表示要走，一邊起身。

「代表，那麼就下次再見了。」

「辛苦了。」

給予回應的同時，徐翰烈的視線已經落在辦公桌的文件上，也不跟白尚熙招呼半句話。畢竟他總是這樣的態度，白尚熙一點也不意外。

片刻後，徐翰烈聽見了門打開又悄悄關上的聲響。有點奇怪的是，姜室長那杯咖啡的味道都已經消失了，濃郁的巧克力味卻遲遲未散去。應該說，味道反而還變得更重了。徐翰烈疑惑地抬起頭，只見白尚熙正鬆開了門把朝他走來。他並沒有跟著姜室長一同離開。徐翰烈的雙目在這個出乎預料的情況下些微睜大。

來到咫尺距離停下腳步的白尚熙不發一語地低頭看著他。徐翰烈才剛開口問他「幹嘛」，白尚熙的上半身便橫越了辦公桌，傾刻間吻住徐翰烈的嘴。柔軟溫熱的舌鑽進唇瓣之中，舌肉狠狠地搓揉了兩三下徐翰烈的，隨即又像進來時那般靈活地溜了出去。交疊的唇瓣分離時發出啾的吸吮聲，一股甜膩到不行的甜味登時在徐翰烈的口中擴散開來。

「……嗚！」

徐翰烈一臉嫌棄地皺起眉頭。白尚熙用輕撓的手勢在他僵硬的臉頰上摸了摸，隨後才退了開來。姜室長這時在外面喊著白尚熙，催他趕緊出來。「來了」白尚熙隨口應了聲，垂眸凝視著徐翰烈的臉。徐翰烈並沒有露出笑容，白尚熙卻彷彿從他的眼神裡察覺到了一抹柔軟。應該是錯覺，白尚熙心想。

「謝謝招待。」

白尚熙把空杯放在桌上便出去了。徐翰烈依稀可以聽見門外他和姜室長說話的聲音。兩人的動靜聲在跟秘書打完招呼離去之後便沈靜了下來。

很快地，楊秘書敲門入內，進來收拾一下客人坐過的位子。他瞥了下沙發，似乎沒有什麼特別需要整理的地方，正準備默默離開時，不經意掃了徐翰烈一眼的楊秘書猛然頓住。

「代表，您哪裡不舒服嗎？」

徐翰烈的整張臉竟漲得緋紅，紅到足以令人擔心的程度。

✳

聽到一聲「您來了」，白尚熙抬起了眼。透過面前大片的鏡子可以看見徐翰烈踏進店裡的身影。他已經是準備好要參加時裝秀的打扮。一半的瀏海向後完全梳起，只露出左側前額的髮型帶著某種貴族的氣息。光潔額頭上的兩道眉毛像是畫上去似的，今天顯得格外筆直鋒利。淺米色的單排扣西裝外套，用下領片尖銳揚起的劍領取代了標準西裝領，營造出陽剛又犀利的風格。細密的格子花紋和刻意強調的纖細腰線，乍看之下顯得過於華麗輕浮，但那條絲綢材質的橄欖色領帶卻又加強了穩重的奢華感。今天出席的來賓之中大概沒有人能比他更出眾醒目。

徐翰烈在姜室長的指引下坐在了後方的沙發上。他一翹起腿，修長的褲管底下便露出了白皙的腳踝。白尚熙的視線不由自主鎖定在那一處，過了好一會才抬眸。

兩人的目光在鏡中相遇，徐翰烈對他的長久凝視表示了疑問之意，還公然低頭看了一下自己的腳踝。白尚熙這時正好被梳化的工作人員要求閉眼，他索性閉上了眼簾裝傻。

完成了簡單的化妝和造型，最後要檢視服裝的部分。白尚熙分了一條整齊的髮線，做出自然捲度的油頭造型襯得他突出的五官更加地明顯。徐翰烈的視線先是落在白尚熙端正的額頭上，接著從筆直的濃眉沿著高聳的鼻樑下滑，細細打量著白尚熙的薄唇和俐落的下顎線條。這麼一打扮起來，只能說這傢伙真不愧是個當演員的料。

深藏青色的修身西裝雖然設計較為樸素，但裡面搭配的暗色條紋襯衫一口氣擺脫了古板與單調。徐翰烈後背完全靠在沙發上，欣賞著白尚熙映在鏡中的身影，把他從頭到腳仔細地端詳了一番，簡直像是在給藝術品估價，來到皮鞋前端的目光最後重新回到了臉龐。

徐翰烈自行檢查完一遍後，朝楊秘書勾了勾手指。楊秘書從購物袋裡拿出兩個盒子遞給了他。裡面裝的是要價上億的名牌手錶。徐翰烈輪流審視著德國製的金屬手錶和另一支瑞士的真皮腕錶，然後朝其中一個使了下眼色。楊秘書隨即將徐翰烈選中的那隻錶拿去給白尚熙，這是一款黑色皮革的腕錶，銀白色的鈦金屬錶殼令人印象深刻。

「好看。」

徐翰烈看著白尚熙在手腕上戴上了手錶，給出一句很普通的評語，遂從位置上起身。楊秘書快步趕至他前方替他開門。這次的時裝秀姜室長沒有要同行，他對白尚熙說著「好好表現」，一邊在他的背上拍了一下。白尚熙之所以沒有回話，是因為他頓時覺得有些迷惑，不知道姜室長所謂好好表現的定義究竟是什麼。

他們乘坐徐翰烈的車前往舉辦時裝秀的豪華飯店。並排坐在後座的兩人沒有進行任何的對話。

即將舉行走秀的活動大廳擠滿了忙翻天的工作人員、找尋座位的觀眾，和調整著攝影機的記者。然而就在徐翰烈領著白尚熙一同入內的瞬間，那些糾結錯綜的視線一個個聚焦於此。混亂飄忽的空氣忽然朝著同一方向凝聚。這應該不是錯覺。雖說是觀眾，大部分的出席者都是時尚產業的從業人士或藝人、名流、海外買家等等。因此這群人當中，幾乎沒有人不認識徐翰烈和白尚熙。四面八方開始傳來了陣陣交頭接耳，徐翰烈一點也不介意地坐在了主辦為他安排好的座位上。伸展台就在他的正前方。

活動都還沒開始，對面就已經有記者舉起了相機。清楚的快門聲和閃光燈此起彼落。他的臉龐在人為的光線下忽明忽暗，反覆被照射得明亮耀眼。沒過多久，時裝秀即將開始的廣播聲響起，場內所有的燈光接著熄滅，只剩下伸展台還亮著，然而相機的閃光燈砲火卻仍未止息。按照徐翰烈平常的性子，他應該早就開始不爽地發脾氣了，不知為何，他卻只是安靜地搧動著手上的宣傳冊。

很快地，場內流瀉的音樂減弱了音量，切換成了走秀的背景音樂。模特兒們配合著輕快的音樂節奏，開始一個接著一個出場。白尚熙漫不經心地看著面前逐一經過的人們。他本來就對時尚或美容這些東西不感興趣，才來沒多久就已經開始感到無趣。他正努力抑制著打呵欠的衝動，徐翰烈的香水味頓時撲鼻而來。只見徐翰烈忽地傾斜了上身朝他靠近。

「別像隻被硬牽來的狗一樣呆坐著，多製造一些記者們會喜歡的畫面。」

講完悄悄話之後遠去的那張臉蛋沒有意料之中的冷淡。不曉得是不是錯覺，在徐翰烈湊過來的短暫幾秒，他們似乎受到了一波更加強勁的閃光燈洗禮。白尚熙這時才開始慢慢開始掃視四周，因此察覺到了某一處特別明顯的視線。他將目光投向了伸展台的另一側，回應那道高度關切的眼神。尹羅元就坐在那個地方，兩隻眼直瞪著白尚熙，看來是過去的心結至今未解的模樣。

「你說什麼畫面？這樣子嗎？」

白尚熙的手在徐翰烈的大腿上輕撫而過，悄然握住他膝蓋，雙眼仍緊盯著對面的尹羅元。面對突如其來的肢體接觸，徐翰烈雖然眉頭微蹙，卻沒有露出什麼明顯的慌張反應。白尚熙的視線立刻從尹羅元身上移開，衝著徐翰烈咧嘴一笑。白尚熙唇瓣湊近他耳邊，小幅度張合的嘴唇輕微地觸碰著徐翰烈的耳垂。

「還是這一種？」

周遭的快門聲一時變得加倍猛烈。徐翰烈在台下的腳往白尚熙的皮鞋踢了一下。

「別太過分。」

他喝斥時的嘴唇幾乎沒有沒有動作，表面上依舊維持著平靜無波的神情，兩隻眼睛也若無其事地追隨著走台步的模特兒。見到他這種樣子，白尚熙開始覺得或許該去演戲的人不應該是自己，而是徐翰烈才對。

演出很快地結束。孫慶惠最後和模特兒們一同壓軸登場閉幕。儘管她清楚地看見了白尚熙，仍面色一絲不改地在台上致謝。她本來就是個自尊心高強，不會輕易被一點小事動搖的女人。

續攤派對在同一間飯店的高空酒吧裡舉行。雖然沒有記者在場，徐翰烈還是繼續表現出親暱的態度，親手替白尚熙拿了一杯威士忌，也親自對著主動前來問候的名流、企業負責人或採購們介紹白尚熙。自從徐翰烈開始了娛樂經紀公司的事業，白尚熙在各處都曾聽聞別人批評他是個什麼都不懂、只會胡鬧的毛頭小子。如今看來是白擔心了，徐翰烈在圈子裡的交遊似乎十分廣闊。

那些假裝親切的問候迅速地變成了諂媚奉承。有人突然就向徐翰烈問起了徐朱媛的事、有人說早知道他對時尚感興趣，也想邀請他去參加自己的時裝秀，甚至還有人問何時有機會能請他喝一杯或是一起去打個小白球。明明在背後是拚命詆毀這名年輕的財閥接班人，現在卻忙著要在他面前留下好印象。徐翰烈看起來對於這種令人不適的情況頗為習慣，反倒是白尚熙面對這種場面竟覺得難以忍受。

他輕輕扶了一下徐翰烈的肩頭，低聲在他耳邊說他去一下洗手間。徐翰烈默默點頭。暫時離席的白尚熙卻不是往洗手間去，而是走向了露臺。

他掏出了菸咬在嘴裡，一面朝欄杆處走去，於是就這麼撞見了正在和某個人交談的孫慶惠。她正在和別人對話，眼睛卻沒有從逐漸靠近的白尚熙身上離開。待白尚熙走近，只聽見她剛好說了句「感謝前來捧場」，向對方再次道謝之後便結束了談話。白尚熙裝作沒看見，點燃了嘴上的香菸。

「怎麼樣，最近過得好嗎？」

孫慶惠突然泰然自若地向他搭話。她的談話對象仍舊留在原地，好奇地看了白尚熙一眼。就這麼直接走掉的話，肯定會傳出一些無謂的閒言閒語，白尚熙漫不經心地聳了下肩。

「如妳所見。」

孫慶惠這時用眼神向那位談話對象示意了一下，那個人便識相地說了句「我先走了」，迴避離去。孫慶惠一直等到對方完全走遠了才看向白尚熙。

「我也要來一根。」

白尚熙一副隨便你的態度，遞出了菸盒。「你的口味還是這麼清淡」，孫慶惠一邊嫌棄他，一邊拿起一根菸放進嘴裡。見白尚熙給她遞火，她笑了笑，含著濾嘴深吸了一口。略帶苦澀的煙霧在她一點一點呼出的氣息之中蔓延開來。

「我還以為你退伍之後至少會來找一下我呢。」

「我哪那麼沒心眼。」

「你那時欠的債不是挺多的嗎？」

「是啊，多虧那筆債，連房子都沒了，無家可歸了好一陣子。」

「不可能無家可歸吧？貪戀你身體的女人不是多得是嘛？」

「難道投靠別人的期間債務利息就不會增加？」

「那些喜歡你的太太們當中，應該會有人願意伸出援手吧？」

「妳該不會是想聽我說，都是因為我對社長妳遲遲無法忘懷，這種話吧？」白尚熙揣測著對方心思的口吻隱約帶著一絲扭曲。一直望向欄杆外的眸子忍不住朝著孫慶惠看了過去。

他雖然沒有在笑，言語中的嘲弄之意卻是再清楚不過。孫慶惠嗤笑一聲，又再吸了一口菸。

「真可愛，你要是親自找上門來對我說這些話的話，也許我還會假裝拿你沒辦法，就當作沒這回事了也說不定。」

「我總不能一輩子那樣過活啊，畢竟現在年紀也有了。」

「去當了個兵回來就變懂事了嗎？」

「沒有啊，退伍之後根本就是一個爛攤子。總之得先收拾一下殘局才行。」

「是說你倒是找到了一個不錯的金主嘛。」

孫慶惠突然往某處使了個眼色。白尚熙隨著她移動視線，看到了被人群包圍的徐翰烈。

「你和你們代表是什麼關係？看起來滿要好的。」

「與社長您何干。」

「就是有點好奇囉，他為何硬是要把你這個被貼上負面標籤的傢伙帶回去幫助你重新復出，還有你那件事發生的時候，他也親自出面替你解決了。」

明明是和她兒子相關的事件，甚至直接出手施壓干預過，這女人仍是不忘用「你那件事」來把界線劃分得清清楚楚。只顧自己的這一點依然如故。

「本來只要說一句道歉的話就能解決的事情，卻派了一大批的企業律師打官司，還拿私生活來威脅，逼迫他和解，甚至誘使他去當廣告代言人之類的。我那時候還很訝異，想說日迅裡到底是誰這麼愛護你。現在看來，那個人不是徐朱媛，應該是她的弟弟？」

孫慶惠陰陽怪氣地笑著暗示道。

「這次的時裝秀邀請函我還同時發給他們兩個人，想說或許能一解心中疑惑。」

「所以咧，有答案了嗎？」

「不曉得，感覺還是不太確定。你不是喜歡女人的嗎？」

「誰說的？」

「不是嗎？」

「我也是這麼以為的。」

白尚熙語帶保留地往徐翰烈那邊凝視。看著他的舉動，孫慶惠不禁露出一絲困惑，無法分辨那是白尚熙的真心話，還是只是因為不想輸給自己而隨口說說的氣話。

徐翰烈此時倏然間轉過頭來。被白尚熙那樣明目張膽的盯著，他不可能沒有察覺。孫慶惠和他一對上眼，馬上擺出營業式的笑容朝他點了下頭。

徐翰烈也微微點頭回禮。冷淡的面容上一點禮貌性的笑意都沒有。在他身旁那群人的視線也跟著一個個集中了過來。孫慶惠毫不顧忌地挽住白尚熙的胳膊，走回了酒吧裡。

「建梧，幫我介紹一下徐代表吧。」

白尚熙無可避免地被她扯了過去。徐翰烈和周圍的人群目光自動地聚焦在他身上。孫慶惠像是要講給所有人聽似的，毫不掩飾她和白尚熙之間的交情。

「我聽建梧講了很多徐代表的事呢。」

「是嗎？」

徐翰烈的反應非常虛假，說完撇了白尚熙一眼。白尚熙揚起眉毛，一副他也是第一次聽說的模樣。

「聽說我們池建梧先生當初能夠出道，孫代表給予了相當大的幫助。」

「我只是早別人一步而已，初次見到他的人不管是誰，一定也都會建議他去當演員明星的。把一個臉蛋這麼帥氣、身材又好的人放著不管，根本就是浪費人力資源嘛。」

她彷彿是在說笑地丟出這句意味深長的話，手掌還極為自然地放在白尚熙背上。周圍的人聞言都大笑了起來。其中的徐翰烈卻只是安靜地抬起了一側的嘴角。

「您看起來還真開心呢。」

「能邀請到這麼多貴賓前來共襄盛舉，也順利地結束了活動，我當然開心囉。這次的系列是我們傾注大量心血所打造出來的，不曉得徐代表看了覺得如何？」

「感覺與現有的品牌風格相去不遠。」

「這樣子啊？謝謝您的稱讚。」

「我又不是在稱讚。」

徐翰烈最後補充的一聲嘀咕讓孫慶惠臉色頓時一僵。「看來是我太興奮了」，她立刻給自己打圓場，試圖掩飾尷尬的神色，卻無法遮掩因屈辱感而發紅的一雙耳朵。白尚熙把威士忌舉到了嘴邊，遮擋唇畔隱隱約約浮現的笑意。

「原來大家都聚在這邊啊？」

這時有人吸引了眾人的注意。朝此處走來的人正是尹羅元。面對一臉和善鞠躬行禮的他，徐翰烈只是點了點頭。尹羅元態度親切地和徐翰烈打招呼，說著好久不見，對於就站在一旁的白尚熙完全視若無睹。儘管派對的來賓們沒有人貿然介入，面對這般精彩的發展仍免不了露出看戲似的好奇興致。白尚熙和尹羅元兩人雖然正面相對而立，卻連眼神都沒有半點交流。

「你們是在比賽誰先眨眼嗎？彼此又不是不認識，為什麼要看這麼久？」

在一旁看著兩人的徐翰烈催促道。他那坦然的反應驟然改變了現場的氛圍。

「啊，難道是還在為了以前的那件事生氣？我記得你們不是達成和解協議了？……是我記錯了嗎？」

徐翰烈喃喃自語的嗓音非常清晰，在場的人都聽得一清二楚。所有人都曉得白尚熙和尹羅元達成和解的事情。他們只是不知道在那份和解協議的背後，事實上是尹羅元撈到了好處。

尹羅元不得已只好面帶起微笑。

「沒有，說得沒錯，那時候的事早就都不計較了。」

「這樣才對嘛，都過去的事了，幹嘛還一直放在心上？」

「就是說啊，都是以前的事了。」

「尹羅元先生心胸真是非常寬大呢。」

「哪裡，您過講了。」

極度客套式的讚美和推辭的對話一來一往之下，氣氛變得更加地微妙。尹羅元似乎是想扭轉一下這種詭異的氣氛，於是拿了一瓶紅酒要邀徐翰烈喝一杯。

「不好意思，我正在禁酒。」

對方都已經倒好一杯遞了過來，徐翰烈才忽然出聲拒絕。尹羅元伸在半空中的手頓時尷尬地失去了去向。

「我也差不多該走了。」

徐翰烈接著看了一下手錶，暗示了他比預料中還要早的離場。聚集在他周圍的人們不禁流露出遺憾的神情來。現場也有人硬著頭皮積極主動地挽留，要他多待一會再走。徐翰烈無動於衷地拒絕了對方的請求，隨後和白尚熙對視，一邊朝外面的方向撇了撇頭。

「我要跟尹羅元先生說一下話，池建梧先生先去車上等好嗎？」

突如其來的指示讓白尚熙眼神中流露出一絲詫異，但是他還是順從地點頭，放下了手上的酒杯。孫慶惠的視線緊緊黏在了隨即轉身離去的白尚熙身上，等到他的身影消失在酒吧之外時，她說了句「失陪一下」，跟著離開了她的位子。默默地注視著這一幕的徐翰烈直到聽見一聲「徐代表」的呼喚才倏地回神。他一轉頭，就見到尹羅元那暗藏期待的笑臉。

兩人在過去也曾經見過幾次面。第一次是尹羅元和日迅集團簽訂廣告合約的時候，最後一次則是在尹羅元爆出和十六歲未成年少女的戀愛傳聞之後。當時尹羅元曾表示他會親自澄清緋聞，但徐翰烈不願接受，馬上就透過媒體發佈了解約的消息。在他這樣的動作之下，輿論一致推測戀愛傳聞內容應該屬實，以至於尹羅元的形象因此受到了不小的打擊。當時，日迅方面施捨給尹羅元唯一的寬容，就是沒有向他追討違約金。

「您要跟我說的話是什麼？」

尹羅元忍不住顯露出他的焦慮。徐翰烈默不作聲地環視著聚在周遭的人群，大家被他這麼一看，只好也識相地打了聲招呼就做鳥獸散。徐翰烈一直等到人都走光，只剩他跟尹羅元了才終於開口：

「今天，要不就是明天，你將會收到採訪的邀約。到時你就按照今天這個樣子表現。」

「咦？那是什麼意思……」

「就是要你像今天這樣繼續假裝成一個親切的好人，裝出很體貼的樣子。這不是尹羅元先生最拿手的事情嗎？」

默默聽著的尹羅元尷尬地笑了笑。

「我不太清楚代表您是在說些什麼。」

「還以為你很機靈的，原來理解力不太行啊。你想想看，兩年前簡直恨不得要把對方給宰了的傢伙們現在竟然同台相聚，這是多麼有趣的好戲啊？假如尹羅元先生是記者的話，難道不想問問看自己再次見到那個揍了自己的傢伙心情是如何、雙方真的完全盡

釋前嫌了嗎？」

「啊……」

「我相信你會表現得很好的，這對尹羅元先生來說也沒有損失的不是嗎？你和池建梧很快就要一起合作演戲了，再繼續針鋒相對下去也沒任何好處。」

「……是沒錯。」

「我想你應該是不會再繼續爆出緋聞了，趁這時候也多多樹立一些良好的正人君子形象吧。」

「是的，我明白您的意思。」

徐翰烈隨手拍了下尹羅元的肩膀。動作雖然輕柔，卻暗藏一股沉重的壓迫感。

「好好表現吧。」

徐翰烈清楚地直視尹羅元的雙眼，像是在吩咐他似的，說完後便離開了酒吧。酒吧外面也有三三兩兩的人群正在談笑，他大步流星地從人群之中穿過，吸引了無數的目光跟隨。對於徐翰烈來說，這也是再習慣不過的事情。

他朝著電梯走去時，不禁左右張望了一下。看來白尚熙人並不在這一樓。既然都直接命令他去車上等了，他不在這裡也算是理所當然。只不過那個追著他出去的孫慶惠同樣也是不見人影，讓徐翰烈心中暗自焦躁不安。不明原因的不悅情緒爬上了他的後頸。

他瞪著電梯的樓層螢幕，從懷裡掏出了手機。就連按下快速撥號鍵後稍微等待的那段時間都覺得漫長了起來。楊秘書很快地接起了電話。

「池建梧先生有在那裡嗎？」

「沒有，還沒看到他下來。」

徐翰烈瞬間內心一沉，一聽完回答就直接掛了楊秘書電話。電梯正好在這時候抵達，電梯門徐徐開啟，正要踏進去的徐翰烈陡然停下了腳步。

孫慶惠恰巧正在電梯裡，徐翰烈快速地掃視了她的全身，不論是妝髮還是衣服都沒有半絲凌亂。他趕緊收回打量的視線，孫慶惠露出了一個微妙的笑。徐翰烈裝作沒看見，朝她點了下頭，正打算走進電梯。

「尚熙他在床上很撒嬌對不對？」

徐翰烈的步伐不由自主地頓住了。他抬頭看向孫慶惠，對方又說了句「看來是真的啊」，莫名其妙地笑了起來。

「他因為從小就缺乏父母親疼愛，一直處於情感飢餓的狀態，非常可憐。只要稍微分一點體溫給他，他就會像個孩子一樣往身上蹭個不停，動不動就想要接吻，一旦被他纏上了那是不會輕易放開的。而且對象是誰他根本也無所謂，對誰都是同樣那個態度。」

「沒頭沒腦地幹嘛突然跟我說這些？」

「您就當作是我多管閒事的一番苦口婆心吧。我已經見過好幾個人，都因為他那種不具任何意義的行為表現，最後落得一個傷心難過的下場。」

孫慶惠看起來帶著一種莫名的自信。徐翰烈冷眼注視她，唇瓣細微地抽動著。「真是齷齪。」儘管他自言自語般地小聲囁嚅，孫慶惠還是一個字不漏地聽見了。

她高高揚起一邊眉毛，宛如聽到了什麼語出驚人的話語，愕然失笑。徐翰烈的皮鞋踩著喀躂聲踏進了電梯。他等待著電梯門關閉，伸手按下關門鍵。毫無動靜的電梯頓時成了一間小密室，把兩人關在了一塊。

「人類啊就是如此卑劣，一生起氣來這張嘴巴就會忍不住開始胡言亂語呢。我看妳現在好像是想把那顆吃不到的柿子給戳爛的樣子，既然都拋棄了就別再藕斷絲連，給我離他遠一點。以後不會再有機會讓妳像以前一樣被那個傢伙磨蹭了。還有，我只是想提醒妳一聲，如果不想害妳兒子一敗塗地再也無法翻身，妳那張嘴最好不要隨便提到白尚熙這個名字和他那些過去。要捧起一個人很難，毀掉一個人卻是極為輕而易舉，這一點，孫代表應該比任何人都還清楚的不是嗎？」

語畢，徐翰烈把頭轉向孫慶惠的方向。

「這才是所謂的苦口婆心肺腑之言。」

他冷峻地俯視著對方，默默加上了這一句。孫慶惠勾起了嘴角。

「醋勁還真大啊。」

「彼此彼此。」

徐翰烈譏諷地回嘴，接著才按下另一個按鈕。電梯門雖然開了，孫慶惠卻用饒有興味的眼神看著他，沒有動作。徐翰烈直視著正前方，「出去。」他冷聲道。孫慶惠這才走出了電梯，臉上掛著微笑向徐翰烈道別，請他回去路上小心。儘管電梯外有不少人在看著，徐翰烈卻不予回應，連頭都不點一下。

電梯門很快地關上。在電梯下降至大廳的期間，徐翰烈發出了極力壓抑的呼吸聲。他死死瞪著電梯裡的小螢幕，試圖平緩自己越來越粗濁的呼吸，然而最終仍是沒能克制住自己的脾氣，往無辜的牆面狠踹了一腳。

他剛走出飯店大門就看見了等待中的車輛。楊秘書也發現他的到來，旋即下了車，替他打開後座車門。徐翰烈正想問他白尚熙人在哪裡，身後突然飄來一股熟悉的香味。他回頭一看，白尚熙現在才剛從飯店裡走出來，還一邊抹著衣領上沾到的某樣東西。原本扣至最上方的襯衫鈕扣已經是解開了幾顆的狀態。

兩人很快地視線相交。徐翰烈凝望著白尚熙的目光一下子落在他那沾染了污漬的襯衫上。

那個痕跡與其說是重重印下，更像是輕微觸碰到的。帶著微紫的紅色唇彩讓人聯想到了某個人……是孫慶惠。

「那是怎樣？」

「不小心沾到的。」

白尚熙從容不迫地回答。倏然間，徐翰烈一把抓起了他的衣領，不由分說地就把他往車子的方向拽。白尚熙一副不明所以的模樣，直接被他強行塞進了副駕駛座。徐翰烈立刻走向駕駛席，對著楊秘書指示道：

「楊秘書可以下班了。」

「咦？但是……」

楊秘書話都還沒說完，車門已經砰地關閉。

車子在一個猛然加速之下開了出去，白尚熙看了一會側邊後視鏡裡楊秘書逐漸遠去的身影，收回了視線。

徐翰烈也沒說要去哪裡，漫無目的地行駛著。車子快到要起飛似地駛進了大馬路，不必要地變換著車道，後方的車輛毫不客氣地發出了凶猛的喇叭聲。造成混亂失序的這名駕駛人卻一點都不在乎，就連轉彎時也不肯減速，車輪因此被人行道的邊緣狠狠刮了一道。受了驚的行人們慌忙後退。白尚熙忍不住在心中腹誹，這傢伙車子開成這樣，竟然也能拿到駕照。

他伸出手臂抓住了那個晃動不停的方向盤。光是這一個動作，就讓往來穿梭於車道之中的車子找回了穩定感。徐翰烈的視線始終直直盯著正前方。白尚熙靜靜看著他那張倔強的臉蛋，開口問他：

「怎麼又氣成這樣了？」

「別跟我講話。」

「是在哪裡聽到了什麼奇怪的話嗎？」

「我叫你閉嘴。」

「你把車子開得像我們要結伴自殺一樣，是要我死得不明不白嗎？」

「在我幹爆你老二之前給我閉上你的狗嘴。」

看來他真的是聽到了什麼很不對勁的事情。感覺一下子兩人前後角色關係產生了變化，不對，應該說是上下關係顛倒過來了嗎？一時怔愣的白尚熙發出了莫可奈何的笑聲。

「別耍性子了，那裡不是你硬要我出席參加我才去的嗎？」

「就算是被我強行帶去的，但你在那裡見到舊情人可是開心到不行啊？」

「她跟我借菸，我就給了她一支菸而已，這樣也不行？」

「那女人想要吸的好像不是菸而是你的老二吧？那麼坐立不安，簡直像隻急著撒尿的狗一樣，媽的！」

「你這麼生氣是因為孫代表？」

「我竟然撿了人家吃過不要的東西……」

徐翰烈這句話近乎喃喃自語。默默聽著他發洩的白尚熙毫不顧忌地開口：

「你在吃醋？」

他才剛問出口，車子立刻緊急煞車。白尚熙身體劇烈地前傾，頭還撞上了擋風玻璃。跟在後方的車輛發出了尖銳的喇叭聲，驚險地閃避開來。這已經不知道是第幾次了。白尚熙撫摸著撞得發疼的額頭，用絕望的語氣說著「你饒了我吧」。

徐翰烈僅是一個勁地喘著氣，死死盯著什麼都沒有的車窗看。

「所以說，就不該收留這種到處打滾、沾了滿身屎糞泥巴的雜種狗崽子，害我自己落得這般愚蠢可笑的處境。」

徐翰烈忿忿不滿地碎唸，再次踩下了油門。莽莽撞撞衝出去的車子胡亂變換著車道疾駛了出去。儘管白尚熙提出換他來駕駛的要求，徐翰烈對於他說的話一概沒有反應，彷彿他什麼都聽不見似的。

總算倖免於事故的車子最後停在了白尚熙住處的停車場。徐翰烈無視於地上的停車格，隨便倒車至一塊空曠的區域。剛停下車，他的上身就橫越了副駕駛座，伸手一扳，白尚熙座位的靠背向後傾倒。下一秒，徐翰烈的嘴唇已經覆上了白尚熙的嘴。他幾乎是用咬的。就像個極度口渴的人終於喝上一口甘甜的泉水那般，啜吸著白尚熙上唇的動作只能用心急如焚來形容。溫熱的氣息慌亂地噴打在白尚熙的人中和鼻尖上。

「喂，慢點……唔！」

白尚熙安撫著徐翰烈的背部，試圖緩和他激動的情緒，然而根本無濟於事。徐翰烈用自己的唇瓣堵住了他的嘴巴，一副什麼話都不想聽的模樣。他執拗地撬開白尚熙的嘴，舌頭彷彿要將他的齒列和舌肉給舔化似地大力蹭揉著。這個吻率先讓人感受到的全是痛意，而非愉悅。嘴裡沒一會就已經處處都在發麻。抱著既然要做那就認真一點的想法，白尚熙的舌頭也開始有了動作。他搔癢似地舔弄了下那個正在他嘴裡狂暴地搜刮每一處黏膜的舌頭，結果馬上就被徐翰烈咬了一口。舌頭上強烈的刺痛感讓白尚熙頓時眉頭深鎖。

「啊！」

「你少給我耍什麼花樣。」

徐翰烈的鼻樑皺了起來。不知是因為無法抑制的怒火抑或是因為魯莽的一番強吻，他早已氣喘吁吁。白尚熙雖然對於自己到底做了確實感到有些冤枉，但是他並沒有頂嘴反抗。他扶著正在氣頭上的徐翰烈的腰，接受他對自己任性地發洩脾氣。

徐翰烈恣意地對著白尚熙的舌頭黏膜和唇瓣又啃又嚼，胡亂攪弄。弄到後來，陣陣刺痛的口腔裡縈繞著一股血腥味。白尚熙被搞得整張嘴都在發麻，連是哪裡出血都無法知曉。唇瓣和人中就不用提了，甚至臉頰上也都糊滿了溼黏的唾液。徐翰烈似乎依然沒有消氣，接續在白尚熙的面頰和耳朵上囁咬了起來。

他的牙齒拉扯著白尚熙果凍般的耳垂，手探下去抓白尚熙的皮帶扣。太過激動，指尖甚至抓不牢褲頭，總是打滑。好不容易揪住了拉鍊，結果卻拉不下來。白尚熙的手掌於是疊上了徐翰烈的，自行替他打開了褲檔。

白尚熙被徐翰烈這樣坐在大腿上不停磨蹭著身體，性器已是接受過充分壓迫和刺激的狀態。徐翰烈的手掌包裹住那根膨脹起來正好可以握住的物體，同時啄吻著白尚熙的頸側。鼻尖率先接觸到那片乾燥的肌膚，白尚熙的體味衝進了鼻腔裡。皮膚的味道似是完全融入了香水味之中，也許正因即將展開的性行為而分泌出費洛蒙之類的物質。

徐翰烈伸長了舌頭，自下而上地舔拭白尚熙的脖子。從鎖骨開始經由肩膀直達耳根。舌尖最後輕柔地捲住了耳垂肉，對著它一番玩弄，再沿著下顎慢慢地親吻。

唇瓣離開下巴尖端處的那個瞬間，他撕扯般地解開白尚熙的襯衫。霎時間彈落的鈕扣使得白尚熙胸前變得鬆垮一片，他楞楞地看向了徐翰烈。徐翰烈瞪視他的雙眼裡高漲著一股不知是厭惡還是埋怨的情緒。

「為了你，我到底還要變得多可笑才行？」

「……」

「我問你啊，我還得變得多幼稚、多低賤才可以？」

氣呼呼的唇瓣毫無預兆地攻擊白尚熙的喉結。舌肉在那結實突起的地方反覆擠壓，從敏感部位襲來的刺激讓白尚熙的呼吸急遽混濁。徐翰烈就像在剝吃一塊含籽的果肉，甘甜地吸咬著那處薄薄的肌膚。始終帶著一絲游刃有餘的白尚熙不由得瞇起了眼角。

「呃、哈啊……」

白尚熙一邊發出低沉的嘆吟一邊仰起了頭，掐著徐翰烈腰部的雙手也驟然使力。徐翰烈手上有些粗魯地撫弄他硬梆梆勃起的性器，嘴上反覆不停地搔癢著變得敏感不已的喉結。像是在安撫徐翰烈的興奮，又像是在煽動著他繼續動作，白尚熙的大掌掃過脊背，一把抓住了徐翰烈小巧的臀部。

徐翰烈嘖嘖地出聲吸吮著白尚熙的頸子，忽然間停下動作，轉身在副駕駛座的置物箱內翻找了起來。他的手著急地抓出各種說明書、保險單、宣傳冊，隨便亂扔，還有口香糖和維他命錠等東西也被丟在白尚熙的膝蓋上隨後掉落至地板。翻找半天，才終於見他手裡拿出了某樣東西。是一個小型的急救箱。

「你要幹嘛？」

問話也不回答，徐翰烈只顧著往兩旁掰開小盒子，把藥膏、常備藥、剪刀、繃帶之類的東西一股腦倒在白尚熙的肚子上。徐翰烈從中撿起了凡士林，挖了一大坨在手中。隨後便將手上的凡士林塗抹在白尚熙的性器上。性器表面很快變得黏糊糊的，和那一叢陰毛黏膩地攪和在一起。白尚熙記得他們倆的治裝費都相當高昂，但徐翰烈看來一點也不介意衣服弄髒。

徐翰烈接著暫時挺起了上身，由於頭部會頂到車子天花板，他只好往白尚熙的方向彎著脖子。他在如此狹窄的空間裡獨自解著腰帶，費力使勁地想脫下褲子。白尚熙攬過他的腦袋讓他靠在自己的肩膀上，朝著凡士林伸出了手。

「知道了，給我吧，我來……」

徐翰烈一把按住了他的手。

「不要動，你這個骯髒的傢伙。」

他歪著頭，瞪視著白尚熙的眼神炯炯。不明緣由的憤怒、煩躁、興奮、情慾，亂七八糟地混雜在其中。徐翰烈在這個無法伸展的狹小空間裡一截一截地褪下了自己的褲子，將剩餘的凡士林全數刮起來帶到自己的身後。手上動作的同時，仍是不斷啄吻著白尚熙的頸部。

徐翰烈身上的香氣和體味頓時濃郁到了極點，麻痺著白尚熙的嗅覺。徐翰烈伸手在自己後面摳挖著，白嫩的頸部線條反覆地繃緊又放鬆，逼得白尚熙的視線忍不住一直落在上頭。當手指往自己身體裡面送，徐翰烈低下頭，牢牢地屏住了呼吸。始於隱秘之處的顫抖讓他全身都在微微地晃動。而只要徐翰烈一繃緊身體，他的手掌也會跟著使勁，壓迫著白尚熙的性器，因此雖然是處在一個被動等待的立場，白尚熙也並不感到輕鬆。

徐翰烈在自己的後穴戳弄了好半晌，猛然跪起了膝蓋。他主動往白尚熙湊近的臉龐上浸染著汗水和熱度，被鮮紅的興奮所侵蝕的一雙眼瞪著白尚熙。

「我今天，要把你這根做到壞掉為止。」

聽見徐翰烈這番宣言，白尚熙完全呆滯。對方嘴唇在他臉上啄吻的觸感變得一點都不真實。肆意抽動的性器在徐翰烈的手指間直挺挺地站了起來。徐翰烈不斷地折騰，用自己的穴口在白尚熙陰莖上方瞄準著。他全身體重坐上了又漲又麻的龜頭，黏稠的潤滑和軟軟的穴肉溫柔地擠壓著紅潤的頂端。張合著鈴口汲取到了穴肉味道的性器不停蠕動著柱身，一心只想要快點進入。

徐翰烈自己插了幾下指頭的穴口並沒有擴張完全。再加上兩人至今為止有過的性事，徐翰烈從來沒有親自做過插入前的準備，技巧明顯十分生澀。

「等等。」

白尚熙撐住了他的腰，試圖制止一臉心急的徐翰烈。徐翰烈卻拉下他手腕，身體更用力地慢慢往下坐。硬實的龜頭抵在了牢牢緊閉的穴口，極度的壓迫感讓白尚熙光滑的額頭上青筋畢現。尖端頂著軟肉的陽具叫囂著想要立刻扒開肉穴往裡面搗弄。使勁收縮的腹肌都禁不住跟著抽搐。

徐翰烈渾身繃緊，將重心擺在了他的下腹部。他和白尚熙有所接觸的部位全都僵硬無比。用力抓著白尚熙外套的指尖泛白，簡直到了令人不忍心再看下去的地步。儘管如此，徐翰烈還是緊抿著嘴，持續讓身體向下坐。在他的努力之下，那根只能可憐地在入口處撩動的性器終於一點一點地擠了進去。性器被銜咬住的部分立刻感覺到強力的收縮，彷彿隨時會被夾斷似的。

白尚熙蹙著眉，抬頭望向徐翰烈的臉。他仍是低垂著腦袋，無法看到他現在是何種表情。只聽見緊咬的牙關發出了咯吱的磨牙聲。

徐翰烈憋住呼吸，逼迫自己一再地坐下去，最後總算是在白尚熙的大腿上安坐了下來。他這時才幽幽呼出了一縷細微得隨時會中斷的氣息。光是一個吸氣的動作，都在擠壓著甬道內充填得無半點間隙的性器。看著那被緊緊含咬住的部分，就算被直接夾斷也不無可能。

徐翰烈的背部哆嗦著，直到此刻才抬起了頭。只見滿面通紅的臉皺成一團，重重壓抑的呼吸絲毫沒有平緩的跡象，高聳的肩膀也不安定地晃動著。白尚熙抬起手，想碰一碰那張濕濡的臉蛋，卻被徐翰烈無力地揮開。他傾身將自己的肩膀靠在白尚熙肩膀上。汽車座椅的椅背瞬間跟著稍微傾倒了一些。高溫的肉柱於是一下子擦過富有彈性的黏膜，滑了一截出去，黏糊糊的酥麻感沿著脊椎一路奔騰。白尚熙眉頭一皺，徐翰烈的身子便如同墜落般地坐下，一口氣吞噬了整根性器。顫慄的解脫感和彷彿快爆炸的壓迫感接連襲來。剛開始僵硬無比的括約肌也靠著融化的凡士林，漸漸舒服地和性器纏攪在一起，每當徐翰烈上下動作的時候都會擠壓出噗滋噗滋的泥濘聲。體重的下墜力造成的深插使眼前一陣暈眩。照這樣繼續下去，感覺性器可以直搗那不該深入觸及之處。

「嘶、呃……」

白尚熙握著徐翰烈大腿和屁股的指尖頓時發力，默默地接受著刺激的下身逐漸興奮地跟上了節拍。原本緩慢纏裹的黏膜也漸漸開始快速劇烈地吞吐起來。白尚熙無聲地咬緊了牙根，腰臀不停上頂著。

理智迅速地崩解。因刺激不足而心急如焚的身體恣意妄為地動作，反而形成了節奏不一的錯拍。徐翰烈的頭頂也因此連連摩擦撞擊著車頂。白尚熙把緊咬著唇一聲不吭的徐翰烈整個摟進自己懷裡。徐翰烈的額頭抵在了他的肩頭上。白尚熙下身性器長驅直入的同時，徐翰烈的身體亦將其嚴嚴實實地箍緊。他們直到此刻才達成了完全的插入。

「嗚嗚……嗚……」

肚臍下方刺骨的灼熱感讓徐翰烈的身體顫抖個不停。他從齒縫中逸出了嗚咽般的呻吟，看起來相當痛苦。儘管如此，白尚熙還是想繼續在他體內捅弄，想要放肆地對他予取予求直到他被自己搞得一塌糊塗為止。感覺自己像是在喝著海水解渴，越是深入越是引發了強烈的渴意。

「呃啊、呃！嗚、媽的……呃啊！」

白尚熙無預警地往那柔韌的甬道啪啪啪地猛烈頂弄，徐翰烈因這一波突襲氣惱地罵著髒話。白尚熙毫不在意，更用力地向上挺動著下身。他在溫熱的黏膜上來回戳刺挖鑿，讓內壁升溫發燙。徐翰烈肚子裡受到暴力式的捅搗，難耐的感受讓他接連發出模糊的呻吟。同時，白尚熙發現他原先主動上下吞吐的動作明顯趨緩，就像是一縷滴答滴答、讓人怎樣都喝不夠的甘泉驟然乾涸，突然喝不到的那種感覺。

口好渴。

白尚熙的手掌一併攬住了徐翰烈的後頸和後腦杓，把他往自己的肩膀上壓，將他瑟瑟發抖的身子束縛似地抱緊，使他無法動彈，然後毫不留情地往那個不住收縮的小洞捅弄。被困在他懷中的徐翰烈上下擺動著身子掙扎著。

「哈啊、呃、啊、啊、嗯、哈……」

徐翰烈喘息的熱氣不斷噴在白尚熙的頸項，令他腦袋發熱的同時也起了雞皮疙瘩。過於激烈的摩擦引發痛意，白尚熙的襯衫被攥進了徐翰烈的手心裡。被他揪得皺巴巴的衣領彷彿隨時可能被他扯破。

車內充滿了熱氣，讓車窗凝結起霧。號稱具有最佳乘車感受的轎車由於白尚熙劇烈的抽插動作而束手無策地晃動著車身。徐翰烈的手扶在車窗上，拚命支撐著自己無助的身軀。手掌因那股穿透全身的顫慄感而一下子張開，又因為即將逼近的那股灼熱而無力地塌陷下去，不自覺使力的指尖在佈滿白霧的窗上撓抓，留下了清晰的指痕。

「呃啊、呃！哈啊、嗯、哈嗯、啊！」

「哈啊、呃、呃、唔……」

密閉的車子裡接連不斷地傳出了粗重的呻吟。時不時壓著嗓子發出來的低吼聲差點要讓人以為裡面關了兩隻正在交媾的禽獸。

白尚熙連連頂弄磨碾著徐翰烈的敏感點，一邊癡狂地吻著他的下巴。哭喪著臉的徐翰烈迫切難耐地咬住了他的唇瓣。下身一刻不停的操幹動作讓才剛吻合的濕漉嘴唇馬上又分離開來，吐著粗濁的氣息。唇瓣無法相接的遺憾讓兩人伸長了舌頭，焦急地互相搓揉著。

由於下墜落差引起的疼痛讓徐翰烈的臀部抽搐不已，連帶著後穴的褶皺也跟著收縮，擰絞著甬道裡的性器。徐翰烈坐落在白尚熙大腿上的每一下都加劇了他的射精感。濃烈凝聚在下腹的熱意呼之欲出，只覺肚子又酸又脹。

「啊、呃啊、哈呃……！」

「嗯呃……！」

下一刻，兩個人都停下了動作，緊緊地摟抱著對方。性器在體內噴發，盡情地澆溼了熾熱的內壁。徐翰烈黏稠的精液也射在了白尚熙的鎖骨和厚實的胸肌上。高潮的後勁讓徐翰烈的膝蓋忍不住在座位上磨蹭著。

即使射出來了，白尚熙的下半身仍然又挺動了好幾下，直到他的性器將剩餘的精水也都噴洩乾淨。流淌在甬道內的精液順著直立的性器緩慢地滑落下來。灼燒著身子的熱意一鼓作氣地釋放，令人眼前一片白茫。徐翰烈費勁地喘著氣，靜靜地被白尚熙抱著。

「哈啊……」

喉嚨因急促用力的換氣而痛痛麻麻的，肺部也是刺痛到難以形容。感覺髮根全都豎立了起來。

白尚熙將一直插在徐翰烈後穴的性器緩緩地拔了出來。就這麼一個退出的動作，也讓徐翰烈的大腿顫抖不已。

陡然變得空虛的小洞裡酥癢地流出了乳白的精液，略稠的液體滴溼了白尚熙的鼠蹊部。他沉浸在一種舒服的虛脫感之中，托著徐翰烈的背擁抱著他，然後將唇瓣用力地埋在他的肩頭上。

「要上去繼續做嗎？」

白尚熙在耳畔低語的聲音帶著一點嘶啞。徐翰烈默不吭聲地搖了搖頭，濕滑的前額在白尚熙的肩膀上悄悄揉蹭著。不久前那股要壓倒白尚熙的氣勢不知跑哪裡去，整個人洩了氣似地變得乖巧老實。馴服一隻張牙舞爪的凶猛野獸，是否就是這樣的感受？

「那要不要在這裡繼續？」

這次徐翰烈沒有任何反應。白尚熙抬起頭，吻著徐翰烈敞露出來的那一片雪白脖頸，「抱我。」他甜蜜地央求著。徐翰烈原本圈著他的手臂竟一下子使力收緊，緊到快要無法呼吸的程度。白尚熙的眼眸無聲地瞇了起來。

好甜。

儘管又苦又鹹令人反胃、辣到會讓人感到疼痛的地步，間或還是能嚐到一絲甜味。或許正因為如此，才更加覺得這短暫的剎那是如此的甜美。

——〈第三集待續〉

高寶書版集團
gobooks.com.tw

CRS017
Sugar Blues 蜜糖藍調 2
슈가블루스 2

作　　者　少年季節（Boyseason）
封面繪圖　Bindo
譯　　者　鮭魚粉
編　　輯　賴芯葳
美術編輯　彭裕芳
排　　版　彭立瑋
企　　劃　李欣霓

發 行 人　朱凱蕾
出　　版　朧月書版股份有限公司
　　　　　Hazy Moon Publishing Co., Ltd.
地　　址　臺北市內湖區洲子街 88 號 3 樓
網　　址　www.gobooks.com.tw
電　　話　(02) 27992788
電　　郵　readers@gobooks.com.tw（讀者服務部）
傳　　真　出版部　(02) 27990909　行銷部 (02) 27993088
郵政劃撥　19394552
戶　　名　英屬維京群島商高寶國際有限公司臺灣分公司
發　　行　英屬維京群島商高寶國際有限公司臺灣分公司
初版日期　2022 年 10 月

슈가 블루스 1-5
(Sugar Blues 1-5)
Copyright © 2019 by 보이시즌 (Boyseason, 少年季節)
All rights reserved.
Complex Chinese Copyright © 2022 by Global Group Holdings, Ltd.
Complex Chinese translation Copyright is arranged with BOOKCUBE NETWORKS CO.LTD
through Eric Yang Agency
ALL RIGHTS RESERVED

國家圖書館出版品預行編目 (CIP) 資料

Sugar Blues 蜜糖藍調 / 少年季節 (Boyseason) 作；鮭魚粉譯 . -- 初版 . -- 臺北市：朧月書版股份有限公司出版：英屬維京群島商高寶國際有限公司台灣分公司發行，2022.10
　面；　公分 . --

譯自：슈가블루스 2

ISBN 978-626-7201-20-6(第 2 冊：平裝)

862.57　　111015686

凡本著作任何圖片、文字及其他內容，
未經本公司同意授權者，
均不得擅自重製、仿製或以其他方法加以侵害，
如一經查獲，必定追究到底，絕不寬貸。
版權所有　翻印必究